고금순 작가가 처녀 때 살던 집

내 이름은
고금순입니다

나는 1947년 전라남도 구례군 간전면 수평 1구에서 몇십 마지기 고명딸로 태어난 고금순입니다. 곡절 없는 인생이 없다지만, 곡절이 너무 많아 한이 맺힌 내 이야기를 여기 간략히 풀어봅니다.

나는 네 살 때 얼굴도 기억나지 않는 친어머니를 병으로 여의고 사려 깊은 두 번째 어머니마저 아버지의 일방적인 파혼으로 떠나보냈습니다. 그리고 남동생마저 불의의 사고로 황망히 떠나보냈지요. 이후 세 번째 어머니, 그 악독한 계모 밑에서 박대받으며 유년과 젊은 시절을 모두 잃어버렸습니다.

그래도 친어머니가 살아계실 적에 집안은 화목하고 유복했습니다. 아무리 어려운 시기더라도 배곯는 일은 없었지요. 어머니는 내게 언제나 예쁜 옷을 입혔는데 내가 좋아하는 엿을 다락에 한 아름 사두고 꺼내주셨던 기억이 납니다. 아버지도 몸이 약한 어머니를 보살피며 웃음꽃 질 날이 없던 시절이지요. 하지만 행복한 기억은 그때뿐입니다.

*

어머니가 병색이 짙어져 돌아가시고 장례식까지 치렀지만, 너무 어린 나는 죽음을 이해하지 못했습니다. 아버지도 친어머니가 돌아가시고 한동안 밖으로 싸돌았지요. 얼마 후, 두 번째 어머니, 새어머니를 데리고 오셨는데 나는 머리가 클 때까지 그분이 친어머니인 줄로만 알았습니다. 그 정도로 새어머니는 나를 친자식처럼 아끼셨습니다. 심지어 깊은 우물에 빠졌을 때 직접 내려와 나를 구해주셨지요. 하지만 몇 년 뒤 욕심 많은 아버지는 그런 좋은 사람을 두고 애를 못 낳는다, 갑자기 농사가 잘 되지 않는다며 매정하게 내쫓았습니다. 새어머니는 쫓겨나는 마당에도 나를 걱정하던 다정한 분이셨는데 말입니다.

나쁜 일은 연달아 일어났습니다. 나를 잘 따르던 남동생이 있었는데 그만 할머니가 준 닭고기가 목에 걸려 질식사했습니다. 새어머니를 쫓아낸 뒤부터 아버지는 정신이 나갔는지 가족을 돌보지 않았습니다. 이전까지 모자람 없이 예쁜 옷을 입고 다니던 나와 동생은 보살핌을 받지 못해 머리에 부스럼이 나서 흉까지 질 정도였지요. 그러던 중 외탁을 자주 다니던 동생이 할머니가 준 닭고기를 허겁지겁 삼키다가 그만 질식사한 것입니다. 나를 잘 따르던 귀여운 남동생을 그렇게 허망하게 잃었습니다.

*

얼마 지나지 않아 아버지는 세 번째 어머니, 계모를 데려왔습니다. 어린 나이에 많은 걸 겪어봤지만 이런 사람은 처음이었습니다. 오자마자 집안을 휘어잡고 곳간 열쇠를 쥐더니 할머니와 나를 일꾼보다 못한 머슴처럼 부려 먹고 미운 오리 새끼처럼 괴롭히기 시작했습니다. 무슨 수를 썼는지, 그 상냥하던 아버지도 갑자기 돌변하여 나를 꿔다 놓은 짐처럼 대하셨지요. 그 뒤로 무심한 아버지와 계모 그리고 계모 자식들 틈바구니에서 젊은 시절을 설움으로 지새워야 했습니다. 그 사이 계모는 우리 집 곡식과 곶감을 밭을 팔아 슬하에 3남 5녀를 모두 대학에 보내주었습니다. 계모의 자식들은 그래도 어엿한 집안 식구인 나를 없는 사람처럼 대하거나 하대했지요. 나는 울며불며 학교를 보내달라고 하소연했지만 겨우 초등학교만 마치게 해주었습니다.

남편을 만나 결혼을 하기 전까지 나는 눈물 마를 날이 없었습니다. 결혼 후 친정이나 시댁에서 이렇다 할 지원은커녕 오히려 등골을 빼먹으려고 해서 안정적인 집안 꼴을 갖추기까지 참 오랜 세월이 걸렸지요. 수십 년이 지나고 내 나이 65세, 아들 둘에 딸 하나를 길러내고 손주들까지 본 뒤에야 오래전 잊었던 꿈, 배움에 대한 열의에 불씨가 지펴졌습니다. 이를 딱하게 여긴 남편과 자식들의 도움을 받아 나는 다시 공부를 시작했고 무사히 중·고등학교를 졸업할 수 있었습니다.

*

그러나 내 꿈은 멈추지 않았습니다. 현실이 된 꿈 위에서 나는 또다시 화가라는 꿈을 꾸게 되었습니다. 열심히 공부하여 백석대학교 회화과에 진학, 마침내 2017년 2월 당당히 학사 졸업장을 받았습니다. 이후 여러 미술대회에 참가하여 수상했고 개인전도 열며 화가로서 제2의 인생을 살게 되었습니다. 나아가 KBS 방송에 5번 출연하며 예술가로서 지평을 넓혀가고 있습니다. 한 많은 세월이었지만 지금이라도 내 이야기와 꿈을 펼칠 수 있어 행복합니다.

다시 소개합니다.

나는 정식으로 등단한 화가 고금순입니다.
내 꿈은 현재진행형이고 그 꿈을 인생으로 그려내고 있습니다.

목차

서문 ┃ 2

그림에 관하여 ┃ 13

작법에 관하여 ┃ 14
그림 그리는 마음에 관하여 ┃ 35
내 꿈은 현재진행형이다 ┃ 72

그림으로 돌아보는 나의 일생 ┃ 79
나에게도 꿈이 있다 ┃ 135
내 삶의 동반자들에게 ┃ 213

남편에게 ┃ 214
큰아들에게 ┃ 219
큰딸에게 ┃ 223
막내아들에게 ┃ 228

그림에 관하여

작법에 관하여

    나는 기다란 미술용 연필 뭉치가 몽당연필이 될 때까지 밤이고 낮이고 그리고 또 그렸습니다. 연필을 깎을 때마다 상처 많은 내 마음을 가다듬으면서요. 몽당연필이 한 개씩 쌓일 때마다 내 마음의 적금이 쌓이는 것 같아 뿌듯합니다. 손 마디마디가 쑤시고 아프지만 농사일이나 집안일로 삭신이 쑤시는 것보다야 쉽죠. 그림 그리기에서 정작 어려웠던건 배움과 익힘 그리고 마음가짐입니다.

　나는 대학교에서 미술을 처음 배웠습니다. 여러 미
술사조와 화가들 그리고 유화와 아크릴을 익혔어요.
처음 듣고 보는 그림과 화가들 그리고 추상적인 개념
들을 익히기가 어려웠지만, 함께 수업을 듣는 학생들
그리고 교수님들의 도움으로 무사히 졸업할 수 있었
죠. 학교에서 성실하게 익힌 작법은 내가 바라던 그림
그리기의 기본적인 골격을 잡아주었습니다.

나는 특정한 작법을 고수하지는 않아요. 대상을 포착하고 그려내기에 가장 적합한 작법으로 작업합니다. 나이가 많은 내게는 시공간의 제약이 가장 큰 변수로 작용하죠.

유화는 아무래도 기름 냄새가 심해서 집에서 편하게 그릴 수가 없어요. 여러모로 그림을 그리기까지 준비하는 과정과 뒤처리가 어려우니까요. 그럼에도 불구하고 유화를 그리고 싶은 충동이 강하게 들 때가 있습니다. 막상 유화를 그릴 때는 잘 모르지만, 밑그림과 마무리 작업까지 하고 말리다 보면 자연스레 색감이 확 살아나요. 밑그림을 그리고 바탕을 칠하고 다시 그 위에 두 번째 밑그림을 그리고 온갖 요소를 생각하며 최선을 그려냅니다. 가장 중요한 건 기다리는 시간, 색감이 살아나는 시간입니다. 그게 참 묘미에요.

아크릴은 냄새도 안 나고 색도 바로 드러나서 효율적입니다. 그런데 그만큼 깊이가 조금 얕거나 실수한 부분이 잘 드러나요. 게다가 빨리 말라버려 아주 섬세하게 그려야 해서 까다롭죠. 대체로 즉흥적인 기분이

나 인상적인 한 장면을 그릴 때 쓴다지만 나는 그만큼
손이 빠르지 않아 최대한 집중해서 한 땀 한 땀 바늘로
천을 꿰듯이 그립니다.

GO GEUM SOO

졸업한 후에는 수채화만 물고 늘어졌습니다. 물 쓰는 게 어찌나 어렵던지요. 유화는 색이나 형태 그리고 질감을 표현하는 일을 어느 정도 구분해서 할 수 있어요. 그런데 수채화나 아크릴화는 그걸 고도의 집중력을 발휘해서 일필휘지로 단번에 표현하는 일이 잦아요. 게다가 노안이 온 내 눈에는 잘 보이지 않는 미묘한 색의 농도까지 미리 계산해서 그려야 하죠. 특히 수채화는 물감과 붓을 다루는 방식부터 달라요. 물과 색을 잘 선택해서 배합해야 해요. 게다가 물이 번지고 흐르는 시간까지 활용할 줄 알아야 하죠. 순간의 집중과 선택 그리고 기술이 필요합니다.

나는 같은 꽃을 그리지만 누구와도 똑같이 그리지 않고 싶을 때가 있습니다. 서양 수채화와 비슷한 듯 다르죠. 묵(墨)을 중심으로 화폭을 물들이는 기법인데 이 묵의 농담(濃淡)의 한 끗 차이로 이렇게 다양한 효과를 낼 수 있다는 게 신묘합니다. 수채화는 담백하고 깊이가 있어 좋고, 수채화는 산뜻하고 화려해서 좋지요.

사실 무슨 화법이든 상관없어요. 일단 붓을 잡으면,

기분이 좋아요. 들뜨지 않고 차분히, 산뜻하고 해맑게 아주 좋습니다. 좋다는 말에 이 기분을 다 담을 수 없을 정도로요. 그림 그리기는 나 고금순 생애 가장 뿌듯한 이력을 만들어준 일이니까요. 고금순 작가, 고금순 화백이라고 불릴 때 나는 내 자신이 자랑스럽게 느껴집니다. 누구의 아내, 누구의 엄마, 누구의 할머니가 아니라 나 자신의 능력과 개성으로 인정받는 건 처음이니까요.

GEUM SOON

그림 그리는
마음에 관하여

　예술가마다 예술관이 있지요? 내게 거창한 예술관은 없어요. 하지만 내 인생에도 단단한 시각이 있다면 그게 그림으로 드러나는 것 같아요. 그림을 그리는 일은 내 생명을, 인생을 다시 그려보는 일이에요. 나아가 다른 사물이나 형태에 관심을 옮겨가는 일이죠.

　'꽃잎 하나가 이렇게 자라나고 펼쳐지겠구나' 깨닫는 감격, '이 나이에 내가 아름다운 무언가를 그려내고 있구나'하는 감격, 내 자식들의 아이를 기르며 힘겨웠던 내 삶을 돌이켜보고 정화하는 일의 감격까지. 이런 깨달음과 감격은 생각만으로 되는 것이 아니라 직접 내 손을 움직여서 그림으로 그려내며 몸으로 느끼는 거예요. 내가 느끼는 이 감정들을 이 글을 읽는 모든 사람이 느낄 수 있다면 세상은 분명 더 아름다워질 거예요.

우리 인생에는 사계(四季)가 있다고들 하지요? 너무 일찍 죽지만 않는다면, 그 사계를 모두 지낼 수 있어요. 부끄럽지만, 나는 이제야 여름인 것 같습니다. 늦여름이요. 봄이라고 말하고 싶지만 나이가 70이 넘어서 한창인 20대 처자들에 견줄 수는 없겠죠. 하지만 젊은 시절을 제대로 누리지 못한 만큼 그림에 열정을 쏟으며 살아갑니다. 그림을 그리려면 오래 붓을 잡고 앉아 있어야 해서 뼈마디가 쑤셔요. 그림 그리지 않아도 그럴 나이가 됐죠. 몸이 여기저기 아파 약을 좀 먹어요. 이렇게까지 살아야 하나 싶지만, 그래도 나는 집안일만 하며 마음 편히 있는 것보다는 그림을 그리면서 불편하고 아픈 게 낫다고 생각해요. 적어도 잡생각 없이 지금 내가 여기서 무언가를 하고 있다는 생각이 드니까 기분이 좋거든요.

하지만 지금도 살아온 지난날이 떠오를 때면 우울해져요. 상처로 얼룩진 오래된 벽을 바라보는 느낌입니다. 창문도 문도 없는 그런 암담한 벽이요. 나는 아직도 거기에 갇혀 있는 힘없는 소녀가 아닐까 생각하며 종종 눈물을 흘립니다. 하지만 그림을 그리고부터는 달라졌어요. 홍진 과거에서 눈을 떼어 다른 곳을 볼 수 있는 시각을 갖게 되었습니다. 이제는 우울해질 때마다 눈을 돌려 꽃을 바라봐요. 사진을 찍어오거나, 그림책을 뒤적이거나, 인터넷으로 다양한 종의 꽃들을 살펴보죠.

그것만으로도 가슴이 한결 가뿐해집니다. 숨통이 트이는 기분이에요. 그렇게 찾은 꽃을 내 손으로 그리면서 드디어 봄이 왔구나, 실감해요. 이 계절이 가면 또 내년이 오고 나는 계속 그림을 그리고 있겠구나, 나 스스로 다독입니다.

요즘에는 가족들과 자주 여행을 다녀요. 여행은 불우하게 자라온 내게 참 많은 행복과 영감을 줍니다. 가족들과 함께여서 나날의 안정감을 느끼니 말도 안 통하는 외국에서 마음 놓고 경관을 즐길 수 있는 거죠. 예전이었으면 꿈도 못 꿀 일입니다. 그런데 입이 떡 벌어지는 경관을 바라보면서도 마음으로는 백지를 깔고 물감을 준비해요.

DON TAN
DOS AMANTES
TWO LOVERS POM
GUAM o USA

To GEUM Soon

Lady in the cliff

Hair
face
Neck
Body

2023 3월 25日 GO GEUM SOON

그러다가 정말 그리고 싶은 대상을 만나면 의식이 달라집니다. 마음이 착 가라앉아 차분하고 고요해집니다. 더 집중하면 내 생각과 손이 착 달라붙죠. 완전히 몰입한 상태이기도 하고 명상하는 상태이기도 해요. 나는 마음이 어수선하면 그림을 그릴 수가 없어요. 그림은 정확하고 세밀하게 그려야 하니까요. 똑같이 그리겠다는 말이 아니에요. 내 방식대로 내 마음에서 우러나오는 것을 의도대로 그릴 수 있어야 한다는 뜻이에요. 그러려면 내 마음을 내가 잘 닦아야 하고 마음이 정갈하게 유지하려면 삶에도 충실해야 해요. 그래서 나는 슬픈 일, 좋은 일 가릴 것 없이 내가 느끼고 생각하는 바에 정직하려고 노력합니다. 또한 더 바르게 살아가려고도 노력해요.

나는 내 그림과 삶은 언제나 맑고 깨끗하게 그리고 되도록 화려하게 그려내고 싶어요. 이를테면, 꽃술에 연한 분홍이 들어가야 하는데 흰 물빛이 들어가면 죽도 밥도 안 되는 거니까요. 파란 하늘에 노란 달이 떠 있어야 그 아래 앉고 싶지 않겠어요? 그런데 비가 올

듯 먹빛 구름이 달을 가린 밤하늘 아래에 앉고 싶진 않으니까요. 만약 그런 하늘이라도 앉고 싶다면 너무나 피로하거나 몸이 비천하고 약해서 보호색이 필요한 경우겠죠.

세상에는 어둡고 칙칙하고 난해한 그림들도 있지만, 그건 그것을 그린 예술가들과 평론가들의 몫이라고 생각해요. 나는 아직 과거에서 완전히 자유롭지 못한 상처 많은 소녀이기도 하거든요. 그래서 양가감정을 느끼나 봅니다. 내 어두운 시절에 얽매여 앞으로의 인생을 망가뜨리고 싶지 않은 마음. 그리고 그런 상처들을 내보이고 공감받고 위로받고 싶은 마음. 이 두 마음이 동전의 양면처럼 붙어 있어요. 가끔 나도 나를 이해하지 못할 때가 많습니다. 그럴 때 찾는 건 결국 붓이더라고요. 그래서 비극적인 장면이라도, 그림을 그리며 눈물이 줄줄 흘러 눈앞이 흐려지더라도 그림은 최대한 명료하고 밝게 그려냅니다.

그래서 그럴까, 내 그림이나 인생을 어느 정도 아는

사람들은 내가 의지가 강하고 단단하고 성실한 사람이라고 생각하는 것 같습니다. 하지만 그 이면에는 연약하고 예민해서 상처받기 쉬운 마음이 있어요. 그래서 누군가를 잃거나 누군가와 싸워서 생긴 상처들에서 완전히 놓여날 수는 없는 거죠. 그 상처들에 자유롭지 않다면, 뭐 어쩌겠어요? 그걸 어떻게든 잘 품어야죠. 그리고 내가 겪은 일을 누가 가장 잘 이해해주겠어요? 그건 바로 나입니다. 내가 나를 보듬어야 하고 그걸 어떻게든 품고 살아내야 남을 보듬을 수 있는 거죠. 그게 부모의 역할이기도 하고 예술의 역할이라고 생각합니다.

지금은 당당해지기로 했습니다. 나는 내게 주어진 삶을 살아냈으니까요. 한스러운 지난 날이지만 그날들이 내 화폭에 스며들어 개성을 만들었다고 생각합니다. 종종 가슴이 뜨거워지고 눈물이 비어져 나오지만 어쩔 수 없어요. 그래도 버텨야 해요. 그러려면 그려야 해요. 또 살아내야 하고요.

나는 보기에 아름다운 것, 사람들을 기쁘게 하는 것,

세상에 도움이 되는 것들을 계속 그리고 싶어요. 또 세상에 나 같은 사람도 잘 살아간다는 걸 알리고 싶어요. 나를 세속적이라고 볼 수도 있지만, 확실한 건, 부와 명예는 살아가며 아주 중요한 것들이라는 사실이에요. 그걸 부정하는 건 현실을 기만하는 거예요. 그걸 나쁘게 써버리는 게 아니라 착하게 활용하며 세상이 발전하는 데 보탬이 되게 만들어야죠. 여전히 옛일을 생각하면 가슴이 미어지지만, 그건 그림으로 승화하는 수밖에 없어요. 누구에게나 아픔이 있다지만 그 아픔을 자기식대로 건강하게 승화하는 방법을 찾는 게 중요해요.

그래서 저는 그것들을 상징하는 해바라기와 목단을 자주 그려요. 그래서 어떤 사람은 나를 해바라기 작가라고도 부릅니다. 꽃은 누구든 바라만 봐도 기분이 좋아지고 보듬어주고 싶은 마음이 드니까요. 실제로 볼 수 없더라고 활짝 펴서 해맑게 웃고 있는 꽃들을 생각하면 손과 붓이 절로 움직이죠. 그리고 같은 꽃이라도 그림을 다양하게 그려낼 수 있으니까요. 서서 자란 것, 누운 것, 꺾여 있는 것, 새로 자라고 있는 것, 엉켜 있는 것 등등. 그것들 모두 이 세상에서 잘 살아가기 위한 나름의 자세로서 참 아름답다고 생각합니다. 계속 그림을 그리다 보면, 어딘가에 내 구부정한 자세도 아름답게 바라보는 사람이 있겠죠? 나는 그걸로 충분해요.

2023 3월 30일 GEUM SOON

2023 4월/A GEUN

GO GEUM SOON

GEUM Soon

내 꿈은
현재진행형이다

예전에는 먹고 살기 힘든 내게 부와 명예가 가장 중요했습니다. 하지만 그건 그저 먼 꿈이었죠. 나는 아직 부자가 되지도 못했고 그리 유명한 사람도 아니지만, 그것들을 추구하는 나 자신으로 살아갈 수 있어요. 이제는 내 마음에서 우러나오는 대로 삶을 그릴 수 있어서 참 행복해요. 내 꿈은 현재진행형이에요.

내 전시회를 본 관람객이나 그림에 관심이 있는 사람들은 종종 내게 물어봐요.

"고금순 화가 그림에는 슬픔이 많아요. 어째서 기뻤던 일은 그리지 않나요?"

그때마다 내 대답은 똑같아요.

"살면서 기뻤던 일이 거의 없어서요."

인물이 나오는 그림 대다수의 소재는 우울했던 유년과 힘겨웠던 젊은 시절이에요. 언젠가 행운의 열쇠라는 토요 프로그램에 두 번 출연한 적이 있어요. 촬영하는데 PD가 나더러 자꾸 웃으라고 하더라고요. 그런데 나는 웃음이 잘 나오지 않았어요. 분위기를 맞추려고 억지로 웃었는데 너무 어색해서 내 얼굴이 울상이 되더라고요. 그래서 솔직하게 말했죠. 나는 생전 웃을 일이 별로 없어서 웃는 게 너무 어색하다고요. PD는 내가 살아온 이야기를 대강 전해 들은 바가 있어 바로 수긍했습니다. 자세히 살펴보진 않았지만, 그나마 방송 내내 어색하게 웃는 모습이 몇 컷이 들어가 있을 거예요. 그 PD님께 미안한 마음입니다.

그 방송 이후 남들 앞에 내 모습을 드러내기가 참 힘들다는 걸 알게 되었어요. 내가 매사에 심각하고 우울한 사람은 아닌데도 그렇더라고요. 그나마 그림이 함께 나오면 나아요. 나 대신 솔직한 표정을 지어주는 느낌이랄까요. 예쁘고 투명한 방패 같은 역할이지요. 나는 아직도 부끄러움이 많아요. 동시에 표현하고 싶은 것도 많아요. 그래서 사람들이 나라는 사람에 공감하고 이해하는 통로가 그림이었으면 좋겠어요.

내가 확실하게 기쁘다고 말할 수 있는 일들은 나이가 들어서 일어났습니다. 기쁜 일이 일어났다기보다는, 이 악물고 정신없이 살려고 발버둥 치다 뒤돌아보니, 차곡차곡 기억할 만한 기쁜 일이 많이 쌓인 거죠. 자식들 버젓하게 잘 길러낸 일, 학교에 진학하고 졸업한 일, 그림 그리는 화가가 된 일…. 결정적인 일은 배우기 시작하면서부터입니다. 학교 다니기 전에는 가슴에 항상 주먹만 한 단단한 응어리가 맺혀 있었는데, 미대를 졸업하고 나니까 그게 싹 녹아버렸어요.

나이가 들어서인지, 그림으로 그려둔 기억을 제외하고는 다 흐릿해지더라고요. 그래서 자나 깨나 그림만 생각해요. 모든 일과가 그림 그리는 일을 중심으로 돌아가요. 참 고맙게도 남편과 자식들 모두 내가 그림 그리는 일을 존중해줘서 가능한 거죠. 남편은 당신 고생 많이 했으니까 하고 싶은 그림에 집중하라고, 자식들은 우리 다 컸으니까 걱정하지 말고 좋아하는 그림 계속 그리시라고 많이 배려해줘요. 시간과 체력 그리고 손이 허락된다면, 언젠가는 지금 남편과 함께 일군 내 가족들을 기쁜 마음으로 그려내겠어요.

든든하고 고마운 가족들 외에도 내 곁에는 함께 활동하는 작가님들이 있습니다. 정식 동인은 아니지만, 그만큼 화가로서나 사람으로서 우정이 깊어요. 이초영 작가님, 윤정희 작가님, 박재성 작가님이 특히 그래요. 그림을 그리면서 잘 풀리지 않거나 확신이 서지 않을 때 종종 연락하죠. 실질적인 조언부터 살아가는 일의 외로움을 다독임까지 주고받습니다.

나는 동양의 민화 그리고 미국의 유명 화가 작품들도 아주 좋아합니다. 하지만 내가 첫손가락에 꼽는 화가는 김홍도 선생님이에요. 내가 화가로서 존경하는 화가 중의 화가죠. 옛날 사람이고 오래된 작품들이지만, 그분의 그림들에는 그 당시의 이야기가 생생하게 느껴져서 좋아요. 그림에 담긴 표정과 몸짓과 의복 같은 걸 보면서 이야기를 짐작하는데 그 어떤 작품보다 선명하게 떠올라요. 그림에 이야기를 담으라는 금언을 이토록 훌륭하게 표현한 작품들이 있나 싶어요. 후대에도 모범이 되는 화가이자 작품이죠. 만화영화처럼 대사나 소리가 있는 것도 아닌데, 흘러가는 붓의 터치에서 목소리와 몸짓이 느껴지는 참으로 대단한 경지입니다. 이 모든 걸 국내에서 스스로 깨쳤다는 사실이 놀라워요.

어디 김홍도 선생님뿐이겠나요. 세상에는 잘 그리는 사람이 어찌나 많은지요! 그림 그리는 사람마다 영감을 받는 순간과 그것을 표현하기 위해 노력하는 과정이 각양각색입니다. 늦깎이인 내가 견줄 바는 아니겠지만 나도 나름의 소신이 있어요. 첫 번째로 중요하게 생각하는 요소는 '마음에 깃드는 것'입니다. 나는 내 마음에 쏙 들어와야 그릴 수 있어요. 내 마음에 대상이 들어오는 기분, 대상이 나를 물들이는 기분이에요. 딱 보면 느낌이 온다고 하죠. 그 누가 걸작이라 평해도 아무리 유명한 화가가 그렸다고 해도 내 마음에 들지 않으면, 그리고 취향이 다르면 느낌이 잘 오지 않아요. 나중에 보면 대게 밑그림이 좋은 그림들에서 느낌이 오더라고요.

두 번째로 중요하게 생각하는 요소는 '느낌과 태도'입니다. 그림을 배우면서 한 교수님이 제게 말해주신 금언이 있어요. 소신 있게 쳐다보고 느낌이 오면 그때 붓을 들라! 그림이나 사람이나 마찬가지예요. 아무리 예쁘고 멋진 사람이라고 주위에서 칭송한다고 한들, 내 마음이 동하지 않는데 함부로 사귈 수는 없잖아요? 그게 가능하고 또 필요한 분야는 직장생활이나 정치죠. 살아남기 위해서 내가 바라지 않는 일을 억지로 하는 건 충분히 많이 해봤어요. 그걸 그림 그리는 일에 끌고 오긴 싫어요. 누군가는 나이 들어 취미 삼아 대충 그린다고 의심할 수도 있겠지만, 나는 그림에 진심이에요. 그만큼 나에게 집중합니다. 그림을 통해서 더 나은 나로 거듭나고 싶어요.

좋은 사람을 만나려면 내가 먼저 좋은 사람이 되어야 하죠? 그림도 마찬가지예요. 좋은 그림을 그리려면 내 삶이 먼저 좋은 그림이 되어야 해요. 그림에 왕도는 없어요. 많이 보고 많이 성찰하고 많이 그려봐야 해요. 무엇보다 내 마음을, 화폭을 그려낼 밑바탕을 정갈하게 관리해야 해요. 그러려면 지나온 삶을 계속 돌이킬 수밖에 없어요. 내 인생 역경, 잘못, 원망, 슬픔, 희망, 꿈 그리고 오늘과 미래까지도요.

나는 갈수록 예전 일들이 장면마다 생생해져요. 사실, 육하원칙에 따라 잘 설명하기 힘들어지지만, 그 장면이 자아내는 색감과 정서 같은 것들은 또렷해져요. 어르신들은 시간이 흐르면 다 잊는다고 했더랬죠. 이제 내가 그렇게 말할 수 있는 나이가 되었어요. 하지만 어떤 강렬한 기억들은 다른 소소하고 작은 기억을 잡아먹고 더 커다래지더라고요.

기억은 시간보다 강해요. 나는 여러 번 죽었다가 살아난 사람입니다. 그만큼 겪은 일이 많아요. 그래서 아무런 이유 없이 가슴이 화끈거리고 슬프고 화가 나고 우울해져요. 하지만 순간순간 기뻤던 장면을 생각하려고 노력해요. 그리고 바로 지금을, 내 꿈을 현재진행형으로 살아가려고 노력하고 있습니다. 내 인생에는 아직 채워지지 않은 화폭이 많아요.

그림으로 돌아보는

나의 일생

어머니는 20대 중반에, 내 나이가 서너 살 무렵에 돌아가신 걸로 알아요. 너무 오랜 세월이 지나 병명이 정확하지는 않지만 장티푸스(염병)를 앓다가 돌아가셨다고 들었습니다.

당시 어린 나는 죽음이 뭔지 몰랐어요. 그저 흰 천에 감겨서는 깊이 잠들어 아무리 깨워도 일어나지 않는 어머니가 야속하기만 했지요. 어른들은 장례 준비로 바쁘니 우리는 할머니에게 맡겨졌습니다. 나중에 할머니가 슬펐던 그날에 대해 말씀해주셨어요.

"딸년은 내 옆에서 '엄마 밥 줘' 울고, 아들놈은 죽은 어멈 곁에서 '엄마 맘마' 울다 지쳐서는 죽은 어멈 덮어준 천을 들추더니 기어이 젖가슴을 찾아 빠끔거렸지."

지금 생각해도 정말 참혹하고 슬픈 광경입니다. 나는 당시 너무 어렸기에 친어머니가 죽지 않은 줄 알았습니다. 얼굴도 기억하지 못해요. 내가 어머니의 얼굴로 기억하는 건 두 번째 어머니입니다.

이 장면은 무슨 말부터 해야 할지 모르겠어요. 그림 그리는 내내 눈물을 훔쳐야 했습니다. 당시 어린 나이에 얼마나 하늘을 쳐다보았는지 몰라요. 지금도 가끔 올려다보는 하늘이 그 시절의 하늘과 똑같아 보일 때가 있습니다.

"엄마! 어디 있어! 보고 싶어!"

얼마나 애타도록 불렀는지요.

"한 번만 이리 오면 안 돼? 얼굴 한 번 보여주고 따뜻하게 안아주면 안 돼?"

대답 없는 하늘은 야속하게 높고 파랗기만 했습니다.

초가을, 아버지는 화전을 하려고 집을 나섰습니다. 불을 피워서 초목을 걷어내고 그 자리에 논을 일구던 시절이었죠.

"위험하니까 금순이는 따라오지 마. 할매랑 소꿉놀이하고 있어."

나는 소꿉놀이 삼매경에 빠져 시간 가는 줄 몰랐습니다. 그 넓고 논에도 단풍이 드는 것처럼 울긋불긋한 불길이 넘실거렸습니다. 그 기운은 계속해서 넓게 퍼져갔죠. 아늑한 느낌이 들며 졸리기도 했습니다. 어느새 따뜻한 기운도 느껴졌고요. 그런데 그게 느낌이 아니라 진짜였습니다. 불길이 논을 넘어와서 온 마당에 널어둔 벼까지 태워버리고 있던 거죠.

"아버지, 불! 마당 벼에 불났어!"

마당에는 수확한 벼를 말리고 있어서 불이 빠르게 커졌죠. 나는 무서워서 발을 동동 구르고 할머니와 아버지는 양동이로 물을 가져다 마당에 뿌려댔습니다. 불길이 잡힌 뒤에 나는 물에 홀딱 젖은 아버지께 집까지 다 태울 뻔했다며 화를 냈던 기억이 납니다.

어느 날엔 깊이 15m 정도 되는 샘물에 빠졌어요. 이 종사촌 언니, 동생과 함께 샘가에서 가로세로 뛰기 놀 이하다가 그만 퐁당 빠진 거죠. 몇 살이었는지 기억도 나지 않지만, 두 번째 어머니, 새어머니가 직접 나를 물 에서 건져 업고 나왔던 건 기억해요.

"이제 괜찮아! 금순이 살았어! 괜찮아. 괜찮아."

손발이 허옇게 불고 질려서 콜록콜록 물을 토하던 나를 따뜻한 몸으로 품어 달래주셨어요. 나를 제 자식 처럼 아껴주던 따스한 분이었습니다. 나는 이때까지도 새어머니가 친어머니인 줄로만 알았습니다. 친어머니 가 병상에 누워 돌아가시고 장례까지 치르는 걸 두 눈 으로 직접 보았지만, 당시엔 내가 너무 어려 죽음이 무 엇인지 이해하기 어려웠으니까요.

어느 날엔 아침 일찍부터 아버지가 처음 보는 옷으로 곱게 차려입었더라고요. 많은 친척과 사람들에게 둘러싸여 어디론가 가려던 참이었죠. 들떠 있으면서도 어딘가 긴장한 아주 이상한 표정이었습니다. 잠이 덜 깬 눈을 비비며 나는 아버지를 따라나서려 했습니다.

"아버지, 어디 가? 나도 같이 가!"

아버지에게 다가가는 나를 광주 사는 작은아버지가 가로막았습니다.

"오늘은 아버지 따라가면 안 돼. 아버지 오늘 장가가는 날이야."

"장가가 무슨 소리야? 엄마랑 결혼했잖아?"

작은아버지가 무어라 얼버무리며 설명을 했던 것 같지만 지금은 기억나지 않습니다. 당시 어린 내가 아버지가 장가를 간다는 건 상상도 못 할 일이었습니다. 나중에 머리가 커서 알고 보니 세 번째 처녀와 결혼식을 올리러 가는 길이었죠. 그때까지 내가 엄마라고 알던 사람은 새어머니였고 이 결혼식의 당사자는 세 번째 어머니, 계모였습니다. 한동안 누가 뒤통수를 망치로 내려친 것처럼 어안이 벙벙했습니다.

나는 친엄마가 없다는 걸 알고는 매일매일 진짜 엄마를 찾아 산천초목을 헤맸습니다. 나와 가장 가까웠던, 그리고 나를 가장 사랑해주는 엄마가 없다니요. 엄마가 사라진 세상에서 살아갈 자신이 없었어요. 게다가 아버지는 정신이 이상해졌는지, 계모와 결혼하고부터는 나와 할머니를 없는 사람처럼 대하기 시작했습니다. 여기에 더해 계모는 집에 오자마자 권력을 쥐고 악덕 사장처럼 행패를 부리기 시작했지요. 어머니의 죽음을 깨닫고 텅 비어버린 가슴은 아버지와 계모가 뿌리는 소금 때문에 너무나 쓰라렸습니다.

만약, 아버지가 정신을 차렸다면 달랐을까요? 새어머니를 친어머니로 알고 지내던 시절이 그리웠습니다. 새어머니는 나를 끔찍이도 아꼈으니까요. 그런데 대관절 계모가 무엇이길래 아주 다른 사람이 된 걸까요? 누구의 아비인지 종잡을 수 없던 아버지가 원망스러웠습니다. 자식을 낳아놓고 돌보지 않으면 어쩌라는 걸까요? 어미를 잃은 내가 불쌍하지도 않았을까요? 나는 어떻게 혼자 이 눈보라 치는 세상을 살아가라는 건지요. 울며불며 살아갈 수밖에 없는 나는 살얼음판을 걷듯이 불안하고 외로웠지요. 그렇게 계모는 도끼로 내 인생을 산산조각 내버렸고 아버지는 비바람에 나를 방치했습니다.

어느 날엔 계모가 냇가로 빨래하러 가자고 해서 따라갔지요. 그렇게 냇가에 마주 앉아 열심히 빨래하고 있는데, 갑자기 계모 혼자 무어라 중얼중얼하더니 찬물 한 바가지를 내 몸에 뿌리는 게 아니겠어요? 냇가에 모인 동네 사람들이 수군거리며 웃는 게 들렸습니다. 얼마나 부끄러웠는지 몰라요. 찬물에 젖은 옷이 몸에 달라붙어 춥고 속이 비쳐 창피하기도 했죠. 그길로 도망가려는데 마저 빨래나 하라며 못 가게 하더라고요. 내가 무슨 피해를 주어서 미운털이 박혔기에 그렇게 막되게 굴었을까요.

그 일로 계모에게 아주 질려버렸습니다. 본처의 자식으로서 보기에 계모에게서는 보고 배울만한 모습이 하나도 없었습니다. 인상도 험하고 성질도 사납고 못되게 굴면서 큰소리만 칠 줄 알았으니까요.

나는 엄마 무덤을 자주 찾아 서러움에 겨워 목청껏 부르짖었습니다.

"엄마! 나를 이렇게 내버려 두고 왜 소식이 없어!"

그리워하는 만큼 원망도 참 많이 했습니다. 70살이 넘은 지금도 어머니가 보고 싶습니다. 얼굴도 기억나지 않는 친어머니, 그 얼굴을 어루만지며 그저 '엄마'라고 한 번만 불러보고 싶어요. 그 품에 안겨보고 싶어요.

나는 적어도 배는 곯지 않고 살아왔습니다. 쌀이며 감이며 아주 많이 수확할 수 있었거든요. 가을마다 감 나무 높이 올라가 감을 땄지요. 오전에 한 가마니, 오후 에 한 가마니씩 땄어요. 그렇게 하루에 두 가마니씩 매 일매일 따면 일 년에 800접에서 1,000접까지 곶감을 만들어 구례 장날에 내다 팔았죠. 풍년일 때는 120석까지도 나왔어요. 오죽하면 구례 군수님이 오서서 세금 좀 많이 내달라고 할 정도였습니다.

그런데 저는 그렇게 열심히 감을 따고 곶감을 만들어 번 돈을 한 닢도 구경하지 못했습니다. 심지어 그렇게 열심히 일을 거들었는데도 옷 한 벌, 양말 한 켤레 사주지 않았어요. 아무리 미워도 한 지붕 아래 사는 가족인데 일꾼보다 못한 대우를 받은 거죠. 화를 내고 사정해도 소용없었습니다.

계모는 곳간과 함 열쇠를 쥐고 물 샐 틈 없이 감시했어요. 아버지에게 말을 해도 소귀에 경 읽기인지, 아니면 알고도 모른 체 하는 건지 바뀌는 건 하나도 없었습니다. 계모에게 껌뻑 죽어 아무런 힘도 쓰지 못했죠. 아버지가 너무나 한심해 보이고 죽도록 미웠습니다.

나는 내 집에서 수년을 눈칫밥 먹으며 머슴처럼 일만하며 지냈습니다. 추수가 끝난 밤이면 나는 휑한 논밭으로 나가서 밝은 달에 내 초라한 행색과 처지를 비춰보며 비참함에 몸을 떨었습니다.

매년 모내기 철이면 보통 50명 내지 60명까지 일꾼
이 모였습니다. 우리 집 논이 워낙 넓으니 그 인원은
모여야 추수철 안으로 논일을 끝낼 수 있었죠. 일꾼들
이 모이면 돈 외에도 준비할 게 많았습니다. 일꾼들이
모내기에 힘을 쓰려면 점심과 저녁을 든든하게 먹어야

했죠. 쌀 80kg을 써서 한 가마니 밥을 하고 아버지와 일꾼 그리고 계모 셋이 구례 오일장에 가서 장을 많이 봐왔어요. 끼니를 따져보니 350인분에서 400인분까지 되었던 것 같아요. 중대 하나가 먹을 정도로 양이 많았어요. 게다가 가마솥에 닭 8마리를 요리하고 미역으로 두 솥 가득 끓여내고 반찬도 여러 가지 넉넉하게 준비했죠. 그때는 배고픔이 가장 큰 고통이었으니 일꾼들은 먹거리를 넉넉하게 퍼주는 우리 집에서 일하는 걸 좋아했습니다. 일꾼 한 사람과 그에 딸린 애들 네다섯 명 데리고 와서 밥을 먹였으니 불평이 없었죠. 점심 저녁으로 양판 가득 국과 반찬을 집에 싸 들고 가게 해주었어요. 일꾼들은 제 식구를 먹여 살리기 위해 열심히 일했고, 우리 집은 열심히 일해준 게 고마워서 더 든든하게 배를 채워주려고 노력했습니다.

계모에게는 아들들이 있었는데 우리 집에서 모은 돈으로 학교를 보내더라고요. 게다가 가을이면 아들놈들이 입학한 국민학교에 술이며 떡이며 과일을 준비해서 보내는 게 아니겠어요? 자기 머리에 이는 걸로 모자라서 머슴에게 지우기까지 할 정도로 많이 준비해서요.

　바보라 자기 앞가림 못하는 큰아들 그리고 듣지 못하는 작은아들을 잘 좀 봐달라고 보따리에 돈까지 싸서 학교에 보내는 걸 봤죠. 그게 너무 괘씸하고 화가 나서 집안을 엎어버리고 싶었어요. 얼마나 분하고 억울했는지 계모 뒤통수에다가 총 한번 시원하게 쏴버리고 싶었습니다. 그림에 내가 계모에 쏘고 있는 총은 그 심정을 대변합니다.

　인과응보일까요? 지금 계모의 큰아들은 아버지가 벌어놓은 재산으로 일평생을 술과 담배로 허송세월하며 살아간답니다.

계모는 일 년에 두세 번 순천에 있는 친정에 갔어요. 집을 나설 때마다 우리 집에서 무언가를 많이 챙겨가더라고요. 그게 수상해서 혼자 벼르고 있었습니다.

어느 추운 겨울날, 계모가 친정에 바삐 가더군요. 하룻밤을 자고 나니 아무래도 기분이 이상해서 순천댁을 물어물어 찾아갔습니다. 계모를 따라 그 집에 도착해 보니 한쪽이 찌그러져 주저앉다시피 한 초가집이 보이는 게 아니겠어요. 처음엔 귀신이 사는 폐가인가 싶었는데, 친정 식구들이 문을 열고 나오더라고요. 언제 쓰러져도 이상하지 않을 그 집에 들어가 어색하게 겸상하게 되었지요.

계모에게는 큰 남동생과 둘째 남동생이 있었는데 둘째가 나와 동갑이었습니다. 그때 내 나이가 16세였어요. 각자 소개하고 이런저런 이야기를 나누는데 자꾸 눈이 감겨왔어요. 그 추운 겨울에 허겁지겁 아침을 먹는 둥 마는 둥 하고 순천으로 달려왔는데 얼마나 피곤했겠어요. 잠깐 눈을 붙인 채로 기대어 앉아 있었습니다. 그런데 그때 계모가 저를 가리키며 자기 식구들에게 했던 말이 기억납니다.

"저 나쁜 애가 뭐 한다고 여까지 나를 따라왔을까. 그래, 저년이 남자를 좋아한단 말이지."

내가 잠들었다고 생각했는지 아주 대놓고 비아냥거렸습니다. 너무 수치스러웠어요. 발끝에서 정수리까지 확 달아오르고 주먹에 땀이 들어찼습니다. 바로 벌떡 일어나서 계모 눈도 안 마주치고 말했어요.

"나, 집에 가요!"

문을 박차고 나왔지만, 너무 춥고 어두웠어요. 구례온 기차를 타고 오밤중에 집으로 돌아오게 되었습니다. 그런데 지금처럼 가로등이 있나요, 지나가는 차가 있나요, 집마다 밝혀 놓는 형광등이 있나요. 그때는 해가 지면 모두가 잠들어서 새까만 하늘에 대고 뻐꾸기나 울고 개나 짖어댔죠.

두 손에 입김을 불어 비벼대고 어깨를 오들오들 떨며 걸었어요. 그 한 치 앞도 보이지 않던 깜깜한 시골길보다도 더 새까맣고 싸늘했던 건 내 가슴이었어요. 치가 떨렸어요. 추워서 그랬는지 억울하고 분해서 그랬는지, 걷고 또 걸으며 생각했어요.

'계모는 절대 용서 못 해. 나중에 크면 복수할 거야. 내가 못 하더라도 분명 계모는 천벌 받을 거야. 앞으로 어떻게 살아가지. 할머니는 어쩌지. 아버지는 대체 언제 정신 차리려나…'

집이 보이자 오히려 정신이 또렷해졌어요. 딴생각 말고 여기서 살아남자, 개똥밭에 굴러도 이승이 낫겠지, 하면서요.

화는 화를 낳아요. 울음은 울음을 낳아요. 너무 화가
나서 흘리는 눈물은 시간을 거슬러 흘러나와요. 그만
울려고 해도 계속 눈물이 비어져 나와요. 글을 쓰는 지
금도요.

분명 우리 집에 쌀도 곶감도 일꾼도 넘쳐나며 잘사

는데, 계모도 아버지도 하하 호호 웃으며 잘사는데, 왜 나는 학교도 못 가고 눈물을 훔치고 있었을까요. 어느 날엔 참다못해 머슴을 시켜 곳간에 있는 쌀 두 가마니를 팔아 돈으로 가져오라고 했습니다. 그 돈으로 뭐라도 해야겠다는 생각이었죠. 그리고 당장 이렇게라도 복수하지 않으면 화병으로 죽을 것 같았거든요. 계모에게 들키는 날엔 너 죽고 나 죽자 싸워보기라도 할 심산이었습니다.

알고 보니 계모는 우리 집에서 악착같이 모은 돈으로 자기 친정집 식구를 먹여 살리더라고요. 기가 막힐 노릇이었습니다. 내가 학교에 갈 돈까지 몽땅 끌어모아서 자기 집에 쓴 거죠. 아무것도 모르는 어린 나는 물론이고 아버지와 할머니마저 모르던 사실이었습니다. 그분들이 이 사실을 알면 줄초상이 날 일이었죠. 나는 계모가 너무 괘씸하기도 하고 이토록 악랄한 사람인가 싶어 무섭기도 했습니다.

　계모는 우리 집에 온 지 얼마 되지 않아 집과 곳간 열쇠를 꿰차더라고요. 나는 할머니가 열쇠를 가지고 있었으면 얼마나 좋을까 생각했어요. 아버지가 열쇠를 쥐면 계모 말에 이리저리 휘둘리고 정신을 못 차리니까 안 될 말이죠. 웃어른인 할머니가 열쇠를 쥐면 아무리 계모라 해도 제 마음대로 활개칠 수 없을 테니까요. 그리고 애들은 학교에 가야 한다고 말해 줄 수도 있으니까요. 하지만 할머니도 극성맞은 계모에게는 힘을 쓰지 못했어요.

계모와 한집에 사는 게 싫었습니다. 계모와 눈을 맞추고 잔소리를 듣는 게 싫었습니다. 아버지와 다정하게 지내는 모습을 지켜봐야만 하는 무력한 내 자신이 죽도록 싫었습니다. 계모와 아버지는 내 속도 모르고 참으로 행복해 보였습니다. 돈도 많고 땅도 넓으니 무사태평했겠지요. 세상이 어떻게 돌아가는지 모르고 자기들끼리 깨가 쏟아졌어요. 나는 늘 그늘에 가려 있는 듯 없는 듯 지냈습니다.

어떻게 이 집구석을 벗어나나 고민하며 매번 역까지 타박타박 걸었습니다. 그러던 어느 날 작심하고 서울로 가는 열차표를 샀죠. 구례역에서 서울로 가는 기차를 타면서 참 많이 울었습니다. 딸이 집에 없으면 찾아야 하는 게 부모의 도리이거늘, 서울에 도착해서 혼자 일하며 지낼 때까지 아무도 나를 찾지 않더라고요.

　서울로 도망치듯 와서는 역 근처 식당에서 아르바이
트하며 숙식을 해결했습니다. 그런데 식당 집 아들딸
들은 모두 학교에 다니더라고요. 하루 벌어 하루 먹고
사는데도 말입니다. 숨겨둔 자산이 있지도 않았어요.
우리 집에 비하면 훨씬 형편이 어려운 집안이었죠. 그

런데 자식들에게 야박하지 않고 오히려 더 잘해주더라고요. 그 모습이 너무나 행복해 보이고 부럽더라고요. 그만큼 내 처지가 비참하고 서럽게 느껴졌습니다.

홀로 서울살이를 버티지 못하고 나는 다시 집으로 돌아왔습니다. 먹고 사는 일도 일이지만, 식당을 운영하던 그 가족의 그 화목한 모습을 지켜보기가 힘들더라고요. 우리 집안과 너무 비교되어서요. 그런데 집에 돌아오는 나를 본 계모는 이렇게 말했습니다. 수십 년이 지난 지금도 너무 한스러워서 정확히 기억해요.

"매정한 것! 혼자 서울 가서 놀더니, 애들 줄 과자 하나 안 사와?"

말문이 턱 막혔습니다. 번뜩, 더는 살고 싶지도 않고 죽어버릴까, 생각이 들었습니다. 이후 몇 번이고 죽음의 문턱에 섰다가 다시 돌아오길 반복했어요. 나를 살아가게끔 이끈 건 어떤 희망이나 목표가 아니라 가슴에 맺힌 분노와 한입니다.

　꽃다운 23세. 간전면 아가씨들이 모두 출동하며 쌍
계사로 봄꽃을 구경하러 갔습니다. 벚꽃이 만발하여
우리 젊은 날을 축복해주는 것 같았습니다. 한이 서린
집구석을 친구들과 함께 벗어나니 얼마나 상쾌했는지
몰라요.

　그리고 그곳에서 우연히 그해 쌍계사에서 공부하는
학생들과 알음알음 함께 모여 잘 놀았습니다. 새벽 두

시까지 놀기로 약속하고 신나게 놀았죠. 이제 집에 가려는데 생각지도 못한 일이 일어났어요. 100일 전 엄마가 된 언니 가슴에서 모유가 줄줄 새서 옷을 다 적셔버린 거죠. 옷으로 감싸도 계속해서 젖이 나와 흥건해졌습니다. 언니와 함께 서둘러 집에 가려는데 늦은 시간이라 거리는 행인을 단속하며 오가지도 못하게 했죠.

우리는 하는 수 없이 쌍계사에 다시 올랐습니다. 마침 고시생이 쓸 수 있게 만들어둔 방이 비었다기에 모두 거기로 모였죠. 다른 무리도 눈치를 보며 좁은 방구석을 비집고 들어왔습니다. 처음엔 어색하게 옹기종기 모여 딴청을 피우다가 서로 통성명하며 밤새 이야기꽃을 피웠습니다. 비록 첫 버스가 오가는 꼭두새벽까지 기다려야 했지만, 묘한 해방감이 들어 잠시나마 내 시름에서 벗어날 수 있었지요.

  68년 11월 저녁. 첫눈에 엄청난 폭설이 내렸습니다.
본격적인 겨울을 알리는 매서운 칼바람과 함께요. 나
는 저녁을 차리려 종종걸음으로 부엌에 갔습니다. 그
런데 우리 집 마당에 웬 스님과 아이가 덜덜 떨며 서

있더라고요. 마루에서 눈을 떼지 못하면서요. 그때 마루에는 쌀 수십 가마니가 쌓여있었거든요. 스님과 아이는 종일 굶었는지 배를 어루만지며 내 눈치를 보다막 발걸음을 돌리던 찰나였습니다. 나는 스님도 스님이지만 추위에 빨갛게 볼이 상기되어 배고픔에 어쩔 줄 모르는 아이가 너무 안쓰러웠어요. 앞뒤 생각할 틈도 없이 스님과 아이를 마루로 조용히 불렀죠. 그리고 쌀 한 가마니를 풀어서 스님의 행낭에 퍼 담기 시작했습니다. 스님과 아이는 부끄러워하며 연신 고맙다며 합장했지요. 그때 안채에서 목소리가 쩌렁쩌렁 들려왔습니다.

"금순아! 아니, 농사지은 쌀로 우리 밥도 한번 먹지 않았는데 무슨 쌀을 퍼주고 있어!"

나는 손이 바빠졌습니다. 계모를 무시하고 계속 자루에 쌀을 퍼담았지요. 계모의 앙칼진 목소리가 내 귓전에 울릴 때까지 나는 쌀 한 가마니를 거의 다 담을 수 있었습니다. 나는 계모가 스님을 붙잡기 전에 어서 가시라고 등을 떼밀었어요. 물론 나는 그날 한참이나 잔소리를 들어야 했죠.

다음 해 여름, 그 스님이 우리 집에 다시 오셨더라고요. 나는 그때 집에 없어 나중에 계모에게 전해 들었습니다. 웬 스님이 찾아와서 생전 방문객 없던 나를 찾아서 가슴이 철렁했다고 하더라고요. 스님에게 자초지종을 물으니 이렇게 답했다고 합니다.

"안녕하세요. 혹시 따님이 댁에 계십니까? 아, 저는 화엄사 옆 선은사에 있는 스님입니다. 제가 작년 첫눈이 내리던 날, 이 집 따님께 은혜를 입은 적이 있습니다. 꼭 뵙고 감사를 드리고 싶었는데 출타하셨다니 아쉽군요. 그날은 첫눈치고는 너무 많은 눈이 내렸고 바람도 매서웠지요. 장에 가는 오솔길도 눈에 막히고 먹거리를 구할 수가 없었습니다. 그래서 동자 스님과 함께 마을로 내려와 음식을 구하러 다녔지만, 날이 추워 사람들이 집 안에만 있더라고요. 그렇게 계속 허탕을 치다가 이 집을 방문했는데 마루에 쌀가마니만 쌓여있고 인기척이 없더군요. 동자승과 발만 동동 구르다 그냥 지나가려는데, 이 집 따님이 나와서는 쌀을 넉넉하게 베풀어 주셨습니다. 그 쌀로 저희는 죽 반, 밥 반 지어 먹으며 무사히 겨울을 날 수 있었죠. 그러나 저희가 보답할 수 있는 게 기도 말고는 없었습니다. 그래서 겨우내 석 달 열흘 아침마다 꼬박 백일기도를 드렸지요. 저희 생명의 은인이신 따님을 위해서요. 따님이 돌아오시거든 저희를 구해주셔서 정말 감사드린다고, 부디 앞으로 좋은 남편 얻어 자식들 잘 낳아 행복하게 사시라고 전해주세요."

그 말을 끝으로 얼떨떨하게 서 있는 계모에게 스님은 공손히 합장한 뒤 떠났답니다. 그 스님들의 백일기도 덕일까요? 나는 나이 70세에 미대를 졸업하고 내가 이룬 가족들과 함께 평화롭고 행복하게 살고 있습니다. 내 인생을 도와주신 분들께 감사 인사드립니다.

그런데 그 스님 곁에 있던 동자 스님은 어디서 잘 살아가고 있을까요?

요즘도 문득문득 궁금합니다. 부디 오래오래 건강하시길 바랍니다.

집에서도 새는 바가지 밖에서도 샌다는 말이 있죠.
적당한 말인지 모르겠습니다. 맞지 않는 말이라도 집
에서도 새는 바가지는 나가서도 눈물이 계속 샌다는
의미로 일맥상통할 거예요. 어릴 적에는 집에서 계모
때문에 마음 편할 날이 없고, 결혼 후 나와서는 정신이 이상한 시누이들 때문에 미칠 것만 같았습니다. 첫째 시누이는 나에게 무관심한 사람이었어요. 둘째 시누이와 셋째 시누이는 계모만큼이나 나를 못살게 구는 악독한 사람들이었습니다. 근거 없는 악담과 자질구레한 트집을 잡아 시비를 걸어왔어요.

"너는 계모 밑에서 살다가 왔잖아. 여기서도 시키는 대로 일이나 하면서 찌그러져 살면 되지. 무슨 할 말이 그렇게 많아!"

"뭐가 어쩌고 저째!"

하도 어이가 없고 속이 상해서 머리채 잡고 싸우고 말았습니다. 서로가 어려운 사이이거늘, 한 집안에서 돕고 살아도 모자란 마당에 그 누가 큰 올케에게 그딴 식으로 말을 하는지 물어보고 싶습니다. 계모 밑에서 온갖 수모를 겪었다지만 시누이 같은 성격을 가진 사람은 처음 만나보았습니다. 한번 결혼했으면 친정을 멀리해야 할 텐데, 꼭 극성맞은 시누이가 셋이나 되는 친정집에서 살아야만 했는지요. 참 하늘도 무심합니다.

나는 어머님과 시누이들이 참으로 얄미워요. 내가 어
미 없이 계모 밑에서 고생하면서 살았으니 사람을 얕잡
아 보고 자기네 시키는 대로 하라고 했습니다. 어찌 그
리 매정할까요? 5월 어느 날에는 괴롭힘과 비아냥을 참
다 참다 시누이들과 머리채 잡고 싸운 적도 있습니다.
혼자 헝클어진 머리와 넝마가 된 옷을 추스르면서 울음
이 터져 나와도 계모가 들을까 시누이들이 들을까, 아
무도 없는 곳에서 조용히 흐느끼기만 했지요.

그리고 계모와 시누이들만 나를 괴롭힌 게 아닙니
다. 어느 날 시어머님은 내가 아침밥을 하는 걸 잠자코
보더니 갑자기 바가지로 찬물을 퍼붓는 게 아니겠어
요? 내가 무얼 잘못했길래요? 얼마나 놀라고 서러웠는
지 다리 힘이 풀려서 그 자리에 주저앉아버렸습니다.
친정이나 시댁이나 내 편은 한 명도 없었어요. 아버지
는 내가 박대받는다는 소식을 들었는지 무시하는 건지
코빼기도 안 보였고요. 나중에 찾아가 하소연해도 아
무런 힘도 못 쓰더라고요.

그때 돈으로 15만 원에 겨우겨우 방 한 칸 세를 얻어
살았습니다. 이사 온 집을 아무에게도 말하지 않았는
데 시어머니가 어떻게 알았는지 어느 날 갑자기 보리
쌀 한 가마니를 직접 가지고 오시더라고요. 시골 노인
네가 그 멀고 복잡한 길을 보리쌀 한 가마니를 끌고 다
니며 얼마나 고생했겠습니까. 처음에는 어머님이 반갑

고 그 마음이 감동스러웠지요.

그런데 떠나시면서 꼭 신랑에게 돈을 받아 가셨습니다. 어느 정도면 모를까, 아니 15만 원 셋방에 사는데 시어머니가 오셔서 20만 원 넘게 가져가시는 게 이해가 안 되더라고요. 그걸 주는 남편도 이해할 수 없고요. 그래서 저는 시어머니가 쌀 열 가마니를 가져와도 싫다고 할 태세였습니다. 심지어 그게 여러 번 반복되니까 더 이상 화가 나서 못 참겠더라고요. 집을 사려고 돈을 모으는데, 조금이라도 돈이 쌓이는 조짐이 보이면 시어머님이 오셔서 털어가니까요. 신랑에게 하소연해도 소용이 없었어요. 어머니가 사정이 어렵다는데 어쩌겠냐고요. 가슴이 너무 답답했습니다.

그 뒤로도 시어머님이 다녀가는 날이면 신랑하고 엄청나게 싸웠습니다. 홧김에 차라리 이혼해버릴까 생각도 했지만, 아이가 하나도 아니고 셋이나 되니 꾹 참고 그냥저냥 살아왔습니다.

여럿이 무엇이요
제자 열닛제요
아이오면 쌀 두되가 원
말이이요

어느 날 남편이 볼일 보러 순천집에 며칠 다녀오더니 제 앞에 불쑥 조그마한 보따리를 건네더라고요.

"여보, 이게 뭐예요?"

"제사 쌀이지. 시아버님이 주셨어."

이상했습니다. 분명 이 집안에서는 일 년에 제사를 열세 번이나 지내는데, 이렇게 한 손에 들리는 작은 보따리로는 제사 한 상도 겨우 차릴 양이었거든요. 저는 이해가 안 돼서 재차 물었어요.

"제사 쌀이라고요? 혹시 이게 전부예요?"

"그래. 이걸로 제사 치르면 되지 뭘!"

"열세 개나 되는 제사를 쌀 두 되로 치르라고요? 아버님 정말 너무 하시네요! 스님들 동냥도 아니고, 불우이웃 적선도 아니고 아버님 조상들 모시는데 고작 쌀두 되를 주시다뇨!"

시아버님이 평소 제사마다 도와주셨다면, 그리고 사정이 딱하셨다면 이렇게 쏘아붙이지도 않았습니다. 지금으로부터 40여 년 전, 아버님은 우리 앞으로 되어 있는 땅을 매도해서 도시로 나가 사셨어요. 남편과 살면서 한 번도 용돈을 부치지 못한 게 마음에 걸렸거든요.

그래서 그 땅을 파셨고 현찰로 4, 5천만 원을 가지고 계신다는 사실을 알고 있었지요. 90년도였으니 어마한 액수였습니다.

그런데 돌아오는 게 고작 쌀 두 되라니요. 나는 시아버님이 너무 얄미웠어요. 작은 며느리는 결혼예물로 다이아몬드 목걸이와 귀걸이도 받았다는데, 도대체 내가 아버님께 무얼 밉보여서 이렇게 야박하게 구시는지 도통 감이 오질 않았어요. 서러움에 북받쳐 눈물을 글썽거렸습니다.

'계모 밑에서 자란 불쌍한 애 자기가 거뒀다고 유세인가. 그래도 큰며느리인데, 아들의 평생 반려자인데 이렇게 대하셔도 되는 건가!'

시간이 흘러, 시아버님이 돌아가시고 그 돈은 결국 작은 며느리 손에 들어갔어요. 작은 며느리는 아버님 통장을 계속 감추다가 결국 다른 식구들의 성화에 못 이겨 내놓게 되었죠. 함께 통장을 살펴보니 작은아들이 거의 다 가져가고 텅텅 비었더라고요. 이야기를 듣는 큰아들 남편은 화가 날법한데, 계속 모르쇠로 무덤

덤 앉아 있었습니다. 남편은 도대체 누구 편인지, 바보도 아니고 정신이 없는 사람도 아닌데, 도대체 속을 알수가 없어 다그쳐 물었더니 도리어 화를 내더라고요. 그날 대판 싸웠고 그 일은 아직도 내 가슴에 앙금으로 쌓여있어요. 시부모님께 묻고 싶습니다.

야속한 시부모님 나도 며느리입니다. 아랫사람이라지만, 정말 너무 하신 거 아니에요? 작은 며느리는 계절마다 보석을 다 해주고 큰며느리에게는 왜 그러셨어요? 그러실 거면 작은며느리에게 제사 열세 개까지 다 주셨어야죠. 이 큰며느리, 그 누구에게도 뒤지지 않는 사람입니다.

게다가 나는 결혼하면서 보석 반지를 못 받았어요. 언제쯤 보석 반지를 받아볼까요? 액수가 중요한 게 아니에요. 그 누가 나를 생각하며 열심히 일해서 예쁜 무언가를 정성들여 선물해 준다면 날아갈 듯 행복할 거예요.

몇 년 전에는 우리 딸애 시할머님이 돌아가셨습니다. 부고 연락이 와서 조문을 가야 하는데 남편 일이 바빠 내가 조문을 갔죠. 사돈 딸과 시아버님 그리고 작은아버님까지 모두 교수시더라고요. 기가 팍 죽어 있는데, 딸애 시아버님이 이렇게 나를 소개하셨습니다.

"우리 안사돈은 나이가 70인데 미대를 다니셔. 참 대단하신 분이야."

그날 얼마나 사돈분들에게 자랑하셨는지 몰라요. 고맙고도 부끄러웠습니다.

도윤이 할아버님 정말로 고맙습니다. 감사합니다.

이 그림은 2020년 9월 4일 KBS 아침마당 시청자주간 〈우리 함께〉에 출연한 날을 그린 겁니다. 송수식 정신건강 신경외과 선생님이 저를 알아보며 반가워하시더라고요. 기분이 너무 좋았습니다.

"아이고, 고금순 화백님! 내가 고 화백님 팬이에요!"

"아이고, 송 선생님 이렇게 실물로 뵙네요. 제가 더 팬입니다!"

"늦은 나이에 미술 공부를 하시며 얼마나 힘드셨어요. 고생 많으셨습니다. 절 받으세요!"

그러고는 갑자기 큰절을 올리시더라고요. 당혹스러웠지만 너무 감동스러워 나도 모르게 맞절을 해버렸습니다. 이후 그 유명하신 송수식 박사님은 다른 출연자분들 눈치도 보지 않고 입에 닳도록 내 칭찬을 하셨습니다. 다른 선생님들께서도 내 살아온 이야기를 듣더니 이구동성 고생 많이 하셨다고, 대단하시다고 다독여주셨습니다.

당시 그림을 아주 많이 가지고 갔습니다. 김계원 아나운서님 진행으로 내 차례가 되어 말할 기회가 주어졌습니다.

"고금순 작가님은 그 당시 왜 학교에 가질 못하셨어요?"

"아, 그것이… 갈 형편이 안 되어서요."

그 간단한 몇 마디 외에는 더 이상 입이 떨어지지 않더라고요. 턱밑까지 차오른 이야기가 몇 가마니는 되는데 한 마디 뱉어내질 못하니 너무나 아쉬웠습니다. 왜 이렇게 여러 사람 앞에서 말하기가 힘든지요. 그 혹독했던 긴 세월과 수많은 이야기를 참고 돌아올 수밖에 없었습니다.

그래도 TV에 출연해 화가로서 내 그림을 사람들에게 보여주고 살아온 이야기를 단편적으로나마 전할 수 있어 좋았습니다. 이 책을 빌어 모든 출연자분에게 고맙다는 말을 전합니다. 김복덕, 김영옥, 김천신, 박애리 국악인, 남능미 연기자, 오정해 어머니, 박영선, 이수란, 한태웅, 이상벽, 그리고 송수식 정신건강 의학과 박사님. 힘겨운 지난날에 공감해주셔서, 그리고 내 꿈을 인정해줘서 고맙습니다.

134

나에게도

꿈이 있다

앞서 말했듯 내가 태어나 처음으로 발표한 그림은 대학 졸업 전시에 출품한 작품입니다. 이 작품에는 내 힘겨운 삶이 고스란히 담겨 있습니다. 많이 배우고 재능 있는 친구들이야 어렵거나 정교한 작품을 그렸지만, 최고령 늦깎이 미대 학생인 나는 내 삶을 담아내는 작업에 몰두했습니다. 당시 교수님께 내가 살아온 일생을 그리면 어떻겠느냐 했더니, 교수님이 손뼉까지 치며 아주 좋다고 말씀하셨습니다. 그때 깨달았죠.

'그래! 나에게도 꿈이 있다! 나는 나를 표현해야 살 수 있다!'

내 기억이 온전히 남아있을 때, 내가 죽더라도 남을 그림을 그려야겠다는 생각이 들었습니다. 아, 그런데 막상 그림을 그리면서도 눈물을 퐁퐁 샘솟더라고요. 처녀 때도 울면서 세월을 보냈는데 오늘까지 울다니 속상했어요. 그래도 이제 나는 학교도 졸업했고 대학까지 와서 그림을 그릴 수 있게 되었잖아요? 또 동료들도 있고요. 작업하며 청승맞게 눈물을 훔칠 때마다 어린 학생들이 삼삼오오 찾아와 많이 위로해주었어요. 작업실 왕언니 운다면서요. 둘러앉아 내가 살아온 이야기에 귀 기울이고 공감하며 함께 울고 웃고 해주기도 하고요. 얼마나 기특하고 고마웠는지 몰라요. 이처럼 나와 비슷한 일을 겪었거나 삶에 지친 사람들이 내 그림을 보며 위로받았으면 좋겠어요.

그립고 그리우면 결국 그린다고 하지요. 하지만 나는 내가 그려내는 그 시절이 그립지는 않아요. 그저 어머니가 그립고 당시의 내가 서럽고 지금의 내가 허망할 뿐이에요. 그렇지만, 하루하루 이른 아침 나를 일어나게 하고 밥 먹게 하고 손과 발을 움직이게 하는 건 바로 그림이에요. 나는 뒤늦게 그림을 시작한 만큼 더 열정적으로 그리고 싶었습니다.

학교 작업실과 집을 오가며 얼마나 많이 울었는지 모릅니다. 지나온 시절의 아픔이 눈에 밟히기도 했지만 그림이 너무 어렵고 힘들었거든요. 펜을 쥐는 일도 어색한 내가 붓을 쥐다뇨. 그리고 그 어려운 이론과 기법들을 익혀 내 그림에 적용하기란 만만치 않았습니다. 그래도 평생 바라던 대학에 왔는데, 힘겹지만 부끄럽지 않게 살아온 내 이야기를 세상에 드러낼 수 있는 마지막 기회인데 이대로 접을 수는 없었습니다.

몇 달을 졸업작품에 매달렸을까요. 정신을 차려보니 커다란 화폭이 내 인생의 곡절로 가득 차 있는 것을 바라보았습니다. 사람이 죽을 때가 되면 눈앞에 주마등이 아주 빠르게 지나간다고 하던데, 나는 그 주마등을 너무나 오랫동안 바라봐야 했습니다. 행복한 기억이 거의 없는 그런 우울한 주마등을요. 기진맥진한 상태로 교수님께 졸업작품을 완성했다고 연락을 드렸죠. 다행히 교수님은 내 작품을 보자마자 탄성을 지르셨습니다.

"와! 눈물이 날 정도로 좋아요! 이 작품에서는 고금순 작가님의 험난했던 삶의 여정이 고스란히 느껴져요. 앞으로도 이렇게 삶이 물씬 드러나는 그림을 그려주세요. 작가님은 한을 풀 수 있고 이걸 보는 관람객들은 공감과 위로를 받을 수 있으니까요."

그 말을 들었을 때 안도감이 들었고 크나큰 위로를

받았습니다.

'내가 허깨비로 살지는 않았구나. 이 세상에서 고금
순이 이렇게 열심히 살았다는 흔적을 남겼구나!'

그 흔적을 조금 더 상세히 적어보겠습니다. 유년기
에 반짝 행복한 이후 나는 60여 년 동안 울어야 했습니
다. 나는 시련을 많이 겪은 사람이에요. 겪은 일이 많
은 사람은 말할 수 있는 것보다 말하지 못하는 일들이
더 많습니다. 여러분도 나이가 들면 알게 되겠지만, 기
억이 제멋대로 뒤섞이고 통째로 날아가기도 하거든요.
그래서 이야기의 시작은 그림 에피소드지만 그 사이에
있던 일들은 그림을 그리면서 떠오르는 경우가 대다수
예요. 여기에 그림으로 다 그리지 못한 내 인생 이야기
를 조금 더 자세히 썼습니다. 힘든 일을 많이 겪은 할
머니가 하는 옛날얘기라 생각하고 너그럽게 읽어주면
좋겠어요.

그래, 어디서부터 말해야 할까요. 그래요, 색동저고
리! 옛날을 생각하면 처음 떠오르는 게 색동저고리입

니다. 어머니가 살아계실 때, 저는 항상 빨간 치마와 색동저고리를 입고 있었어요. 아직도 그 고운 색감과 보드라운 감촉이 손에 만져질 듯 기억납니다. 어머니는 언제나 제 옷을 깨끗하고 이쁘게 입힌 것 같아요. 또 어머니와 아버지는 화목했던 것 같습니다. 내 앞에서 싸우는 모습을 보인 적도 없고 늘 나를 중심으로 하하 호호 웃으시며 따뜻하게 안아주시던 기억만 있어요. 나는 아버지와 어머니 웃음소리로 깨어나고 잠들며 행복한 나날을 보냈죠.

또 드물게, 아주 구체적으로 행복한 기억이 있습니다. 서너 살 무렵, 그 흐릿한 기억의 중심에 엿이 있어요. 날 좋은 날엔 어머니와 아버지 손을 잡고 마실 다녔죠. 비단 저고리 비단 치마를 예쁘게 다려 입고 장에 가서는 늘 엿을 사달라고 졸랐어요.

집에서도 그렇게 엿을 찾았는데, 어느 날부터 어머니가 천장에서 엿을 꺼내주시더라고요. 내가 자꾸 엿을 찾으니 천장 다락에 엿을 쌓아두신 거죠. 내가 얼마나 엿을 좋아했으면 그랬을까요. 집안도 몸도 마음도 여유가 넘쳤고 참으로 행복한 시절이었어요. 지금도 가끔 엿을 보거나 생각이 나면 어머니가 천정을 열던 모습이 생각납니다. 하지만 얼굴이 너무 흐리게 기억나요. 눈물에 뿌옇게 뭉개진 얼굴, 그 아련한 잔상으로요.

아무리 기억을 더듬어보아도 어머니의 얼굴이 도무지 떠오르지 않습니다. 하지만 나중에 머리가 커서 아버지와 할머니에게 여쭤보니, 어머니가 얼굴도 이쁘고 노래도 참 잘했다고 하더라고요. 어머니는 일제강점기 위안부에 끌려가지 않기 위해 아버지와 열흘 만에 결혼했다고 합니다. 그런데도 아버지와 마치 자연스레 연애하다 만난 것처럼 사랑하며 화목했다고 들었어요. 그렇게 나와 남동생을 낳아 기르셨죠. 남동생도 곧장 저를 잘 따랐습니다. 그 코흘리개는 돌도 지나지 않아 자꾸 넘어지면서도 내 뒤만 졸졸 따라다녔더랬죠.

하지만 집안의 화목한 기운은 오래가지 않았어요. 내가 서너 살 때부터 어머니는 장티푸스로 몸이 아프셔서 괴로워하셨대요. 그래서인지 침상에 누워 신음하던 어머니 기억이 대다수에요. 온몸에서 열이 오르락

내리락하고 두통과 구역질과 구토를 하셨대요.

졸업작품 왼쪽 아래를 보면 얼굴이 흙빛이 되어서 흰 보자기에 덮여 누워있는 어머니가 보여요. 어머니가 돌아가셨을 때를 그린 거죠. 그 당시 나는 밥 달라고 울고 남동생은 젖 달라고 울었습니다. 어머니를 흰 보자기로 덮어 놓았는데, 너무 어렸던 동생은 그걸 들추고 나오지도 않는 젖을 찾아서 빨더라고요. 그걸 보던 외할머니가 혀를 한숨을 쉬고 혀를 끌끌 차며 동생을 안고 가버렸지요. 혼자 남아 바람에 눈물을 말리고 있는데 어느새 아버지가 와서는 나를 안고 흐느끼며 우시던 게 기억나요.

시간이 얼마나 지났을까, 그러다 오줌을 누고 싶어 멀리 떨어진 개울가 풀숲에 앉아 있는데, 먼 산등성이 초입 예쁜 꽃들이 위아래로 움직이는 게 보였어요. 치마를 추스르고 일어나보니 흰옷을 입은 마을 사람들이 커다란 관을 상여에 메고 천천히 나아가고 있었어요. 종아리에 스치던 쓰라린 풀처럼, 맑게 젖어오던 이슬처럼 선명하게 기억나요. 그게 내가 기억하는 어머니의 마지막 모습이에요.

나쁜 일은 연달아 온다고 하던가요? 지금 생각해도 어이없고 침통한 일이 벌어졌습니다. 어느 날 남동생은 큰 닭고기 살점이 목에 걸려 질식사했어요. 할머니가 삼키지 못하는 닭고기를 주어 목에 걸려 숨을 못 쉬다가 그만 어린 나이에 하늘로 올라간 거죠.

평소에 동생이 잘 먹고 잘 지냈으면 그렇게 억울하지도 않을 거예요. 아버지는 어머니가 돌아가시고 마치 꾸어다 놓은 자루처럼 우리를 거들떠보지 않았습니다. 동생을 따뜻하게 안아주지도 않고 따뜻한 죽 한 그릇 보살피며 먹여주지 않았어요. 그저 이 집, 저 집 젖동냥하면서 몇 달을 살다가 먼저 하늘로 갔어요.

한번은 작은엄마에게 젖동냥할 때 동생은 먹고 또 먹고 싶어 젖가슴을 붙잡으니 엉덩이가 새빨갛게 멍이 들도록 꼬집힌 적도 있어요. 저는 그 광경을 보며 참 많이 울었습니다. 그 나이에 무얼 할 수 있겠어요? 어머니도 동생도 떠난 마당에 아버지는 바깥으로 싸돌고, 나는 세상 꾀죄죄한 몰골로 슬프고 우울한 나날을 보낼 수밖에요.

그 와중에 아버지는 어머니가 돌아가신 뒤부터 정신을 차리지 못하고 바깥으로 싸돌아 다니셨어요. 뒤에 자세히 말하겠지만, 평생 처녀와 결혼을 세 번이나 하셨습니다. 그동안 나는 수많은 고초를 겪으며 아버지를 원망했습니다. 혹시 모르죠. 어머니를 너무 사랑해서, 먼저 간 어머니가 너무 그립고 외로워서 기댈 사람을 찾아 세 번이나 결혼을 올린 건 아닐까요. 내가 생각하고 싶은 대로 생각하는 걸 수도 있지만, 그렇게라도 아버지를 이해하려고 노력했다는 걸 아버지가 알아 줬으면 싶어요.

그렇게 엄마가 어디 갔는지도 잘 모르는 상태로 밥 먹고 자고 일어나고 하루하루를 보내니 2, 3년이 훌쩍 지나버렸고 우리에겐 두 번째 어머니가 생겼더랍니다. 두 번째 어머니가 오시기 전까지 저는 머리도 못 감아 부스럼이 날 정도로 보살핌을 받지 못했다고 해요. 그때 생긴 부스럼 자국이 지금도 내 머리에 흉으로 남아있죠.

나는 친어머니 얼굴을 몰라 새어머니, 그러니까 두

번째 어머니가 친어머니인 줄 알았습니다. '엄마'라고 부르면 진짜 내 어머니처럼 대해주었습니다. 어느 날엔 깊이 15m 정도 되는 샘물에 빠졌어요. 이종사촌 선임 언니, 여동생과 함께 샘가에서 가로세로 뛰기 놀이 하다가 그만 퐁당 빠진 거죠. 발도 닿지 않는 어두컴컴한 곳에서 얼마나 허우적댔을까, 정신을 거의 잃어가고 있었습니다. 그때 두 번째 어머니, 새어머니가 나를 물에서 건져 업고 나왔던 건 기억해요.

"이제 괜찮아! 금순이 살았어! 괜찮아. 괜찮아."

손발이 허옇게 불고 질려서 콜록콜록 물을 토하던 나를 따뜻한 몸으로 품어 달래주셨어요. 나를 제 자식처럼 아껴주던 따스한 분이었습니다. 나는 이때까지도 새어머니가 친어머니인 줄로만 알았습니다. 친어머니 돌아가신 걸 직접 보았어도 죽음이 무엇인지 이해할 수 없었으니까요.

하지만 아버지는 두 번째 어머니가 우리 집에 들어온 뒤로 농사도 잘 안되고 자식도 생기지 않는다고 나에게 말했습니다. 그렇게 상냥하고 너그러운 처녀를 두 번째 아내로 맞이하고도 아버지는 대체 뭐가 그리불만이었을까요? 우리로는 부족했던 걸까요?

 얼마 안 가 두 번째 어머니가 우리 집을 떠난다고 하더라고요. 나는 그때까지도 새어머니를 친어머니로 생각했습니다. 새엄마는 처량하게 떠나는 중에도 우리를 살펴주셨어요. 그리고 그분이 내 친엄마가 아니라는 사실을 알게 되었습니다.

 "금순아, 잘 들어라. 나는 사실 널 낳은 친엄마가 아니다. 그렇지만 나는 금순이를 내 자식처럼 사랑해. 이제 이 집을 떠나는 처지지만 내 이렇게 당부하마. 새엄마 오면 말 잘 듣고 말썽 피우지 말고 밥도 잘 먹고… 그래, 보란 듯이 잘 살아야 한다."

 눈물이 나오는 걸 우리에게서 애써 감추며 애잔한 얼굴로 타일렀던 게 기억납니다. 지금도 어떤 날이면 두 번째 어머니가 생각나요. 사무치게 보고 싶습니다. 세월이 너무도 많이 흘렀지만 직접 따뜻한 음식이라도 대접하고 싶어요.

 몇 달이 지난 후 아침, 아버지가 깨끗한 한복을 입고

있었어요. 방문 앞에는 꽃가마도 있었죠.

"아버지, 어디 가? 나도 같이 가!"

아버지 옷을 붙잡으니까 방 앞에서 광주 작은아버지가 하시는 말씀이 오늘은 절대 따라가면 안 된다고 했습니다. 하는 수 없이 한숨 자고 일어나니, 집에 모르는 여자가 들어와 앉아 있는 게 아니겠어요? 함께 둘러앉아 어색하게 아침에 밥을 먹는데 큰고모가 내게 말씀하셨어요.

"금순아, 이제 이분이 금순이 새엄마다."

"새엄마요?"

"그려, 이제부터 엄마라고 불러. 알겠지?"

그랬더니 세 번째 어머니는 바로 이렇게 쏘아붙였어요.

"뭐? 내가 왜 쟤 엄마야? 얘! 나 그렇게 부르지 마!"

"네…."

그때부터 나는 두 번 다시 그 사람을 엄마라고 부르지 않았습니다. 아예 말도 붙이기 싫어서 집안에서도 계속 피해 다녔어요. 또 꼬투리 잡힐 일을 만들지도 않으려 했고, 무슨 일을 도와달라고도 하지 않았어요. 나에게는 새엄마가 아니라 계모였으니까요. 사전에서 정의하는 아버지의 새로운 아내가 아니라, 신데렐라에 나오는 그 악독한 계모요.

'나는 엄마가 없구나. 나를 사랑해주는 사람은 이 세상에 없는데 내가 살아 뭐하지?'

생각이 꼬리에 꼬리를 물고 땅 깊숙이 내려갔습니다. 서러움이 북받쳐와 결국 엉엉 울었어요. 따뜻하게 나를 안아주고 편하게 해줬으면 얼마나 좋았을까요. 세 번째 어머니, 나와 띠동갑인 계모와는 아무런 정을 느끼지 못했습니다. 두 번째 어머니가 집을 떠나신 뒤부터 나는 엄마라고 부를 사람 없이 살아왔습니다. 나이가 80이 넘었지만, 아직도 얼굴도 기억나지 않는 친어머니, 그리고 두 번째 어머니의 따스함이 사무치게 그리워요. 그저 "엄마"라고 한 번만 불러보고 싶습니다.

우리 아버지는 어머니가 돌아가신 뒤부터 항상 몽롱한 채로 살았던 게 분명해요. 계모가 오고 나서는 증세가 더 심해졌죠. 딸, 할머니, 몇 없는 식구들을 있는 듯 없는 듯 대했어요. 그때부터 나는 하늘만 쳐다보며 한

없이 눈물을 흘렸습니다. 아버지는 세 번째 새어머니가 오기 전까지는 학교에 낼 돈도 잘 주었고 나를 옥구슬처럼 귀하게 여겼는데….

"아부지, 장에 가서 꽃고무신 사 와!"

철없이 해도 언제나 귀엽게 받아주며 척척 꽃고무신과 과자를 잘도 사 왔습니다. 하지만 세 번째 어머니가 오고 나서 180도 변했죠. 아버지가 나를 대하는 무미건조한 태도에 할 말을 잃을 정도였어요. 계모는 대체 무슨 수를 쓴 건지, 온 집안 살림살이를 꼭 움켜잡고 우리 집 회장님처럼 살았습니다. 지금 생각해도 참 기가 막힐 노릇이었습니다.

나는 초등학교는 졸업했지만 중학교는 졸업하지 못했어요. 아버지도 계모도 학교에 보내주지 않았거든요. 내 인생은 여기서부터 꼬인 것 같아요. 중학교에 보내달라고 새어머니와 많이 다투기도 하고 애원도 해봤습니다. 하지만 돌아오는 건 거절과 핀잔뿐이었어요.

"애, 네가 중학교 가서 대체 뭐하겠니? 쯧쯧, 차라리 시집이나 가라!"

내 나이가 몇인데 시집이나 가라니요. 내가 좋아하는 사람도 없고, 나 좋다는 사람도 없고, 그렇다고 연애를 해봤나요. 그리고 초등학교만 나와서 세상 물정도 모르는데 좋은 사람이 픽이나 나타나겠어요?

훗날 알게 된 사실인데, 학교에 가지 못한 건 틀린 점괘와도 관련이 있어요. 내가 어릴 적 가족 중 누군가 전라남도 여수에 유명한 역술가를 찾아가 사주를 보았다고 해요. 그런데 학교에 보내지 말라는 식으로 풀이해주더래요. 나중에 알고 보니 제 생일과 태어난 시를 틀리게 알려 준 거죠. 그 역술가가 학교를 보내지 말라고 했다지만, 그래도 자식 앞날을 생각하면 학교를 보내야 하는 게 정상 아닌가요? 참으로 억울하고 분통이 터져 아버지 원망을 많이 했습니다.

또 제 주위에선 학교에 가지 못하는 것뿐만 아니라 엄마가 없다는 것도 놀림거리가 되었습니다. 이럴 때 아버지가 주위를 물리치며 나를 보호하고 챙겨주면 얼마나 좋을까요. 하지만 그건 내 생각일 뿐이었습니다. 매정한 아버지는 제게 관심이 없으셨어요. 그래서 많이 배우지 못했다는 자격지심과 엄마가 없다는 설움 그리고 아버지에 대한 원망이 뒤섞여 혼란스러웠죠. 애꿎은 화풀이 심술로 남의 밭의 수박, 곶감, 고구마 가릴 것 없이 서리도 참 많이 했습니다. 당시 밭 주인분들에게 심심한 사과를 전하고 싶어요. 정말 미안합니다. 그때는 내가 너무 어리고 홀로 괴로운 시절을 지나고 있었어요.

어느 겨울에는 시냇가에서 빨래하다가 계모가 혼자 구시렁대더니 갑자기 내게 찬물을 퍼부었습니다. 아무런 낌새나 이유 없이요. 빨래터 아낙들은 모녀가 장난을 치는 줄 알고 깔깔거리며 즐거워했죠. 우리 집안 사정을 아는 사람들은 저들끼리 수군대고요.

계모는 의기양양해서 더 익살을 부리며 나를 집에 가지 못하게 잡아두려고 했습니다. 나는 너무 창피하고 춥고 서러워 엉엉 울면서 집에 돌아와서는 할머니와 둘이 부둥켜안고 꺼이꺼이 울었습니다.

"할머니, 왜 계모를 집에 들어오는 걸 막지 않았어! 창고 열쇠는 또 왜 준 거야!"

울며불며 따졌지만, 할머니는 무기력하게 그저 너의 아버지가 주라고 했다고만 말했습니다. 본처는 병으로 죽고 두 번째 아내는 직접 내보내더니 세 번째 아내는 어디서 데려왔는지 아주 매정한 사람이었습니다.

우리 아버지 참 간도 쓸개도 없는 사람이죠? 아주 좋게 말하면 사랑하는 사람에게 모든 걸 주는 남자였지만, 그건 딸린 가족들에게 너무 가혹한 결과로 돌아왔습니다. 방치된 나와 할머니는 계모의 눈총을 받으며 찌그러져 살아야 했죠. 나는 누구를 의지하고 살아야 할지, 눈앞이 캄캄했습니다. 그저 학교에 가고 싶다는 생각뿐이었어요. 나 혼자 뜬구름 잡고 가버린 세월만큼 애절하고 애통했습니다.

그 당시 우리 집은 구례군에서 둘째가라면 서러울 정도로 부유했습니다. 매년 감을 따서 곶감 1,000첩을 만들고 벼도 몇십 석이나 수확했죠. 곶감의 절반은 감나무에 올라가서 내가 따야 했습니다. 그런데 일을 그렇게 많이 했는데 계모는 내게 품삯도 주지 않고 옷 한벌도 사주지 않더라고요. 일꾼보다 낮은 대우를 받은 겁니다. 그렇게 악착같이 번 돈을 다 어디다 썼는지, 알다가도 모를 일이었어요. 하느님도 무심하지요. 몇 년을 졸라도 아무 소용이 없었습니다. 얼마나 울었는지 몰라요.

"아가, 왜 그리 울기만 해. 그래도 정신 차리고 살아야 할 것 아냐!"

할머니의 위로와 채근이 전혀 와닿지 않았어요. 정신을 차리고 살려면 최소한 내가 딛고 살아가야 할 두 뼘 땅이 있어야 할 것 아니겠어요? 하지만 나는 작은 연못을 떠다니는 부평초 신세였어요. 앞으로 평생 답답하고 서러운 연못에서 살다가는 가슴이 썩어 문드러질 것 같았습니다.

어느 정도 커서는 세 번째 어머니, 계모 치맛자락을 붙잡고 애원했던 기억이 납니다.

"나 제발 중학교 좀 보내줘요. 다른 애들 다 가는데 나는 왜 안 보내줘요?"

초등학교를 나오고 중학교에 입학할 시기가 지났는데 보내달라고 하니, 매몰차게 치마를 확 돌리면서 매

서운 눈으로 한마디 쏘아붙이더라고요.

"중학교는 무슨, 자식이 너 하나뿐이야!?"

이후 몇 년 동안 계모는 자식들을 연달아 낳더라고요. 자식들을 하나둘 낳으면 보통 앞날을 생각할 텐데이 계모는 미련하게 아무 계획 없이 자식만 낳더라고요. 지금 그 애들 얼굴을 한번 쳐다보면 있던 정도 천리만리 달아나버릴 거예요. 학교에 보내도 사회생활하기를 그렇게 어려워하니 말입니다. 도무지 예쁘다거나기른 보람 있는 구석이 보이지 않아요. 계모는 자식 많이 낳았다는 이유로 기세등등해서는 살림살이는 물론곳간 열쇠까지 꿰차고 살았죠. 그때 동네에서 알아주게 잘 살았는데도 학교를 보내주지 않았어요.

그 일은 반세기가 지난 아직도 자다가도 벌떡 일어날 정도로 상처가 되었습니다. 내 인생이 도끼로 쪼개진 것 같았어요. 나는 나무토막만 못한 것 같았어요. 아버지는 그냥 사랑에 푹 빠져서는 나를 볼 겨를이 없었나 봐요. 얼마 전까지만 해도 부자들만 신던 꽃고무신도 선뜻 사주셨는데, 계모가 오고 나서부터 아버지는 뭐에 씌인 사람처럼 변했죠. 그 며칠 사이에 아주 작정하고 돌아서서 낯선 사람 같았습니다. 이후 아버지와 나의 사이는 겉으로는 부녀지간이었지만, 가까이서 보면 남보다 못한 관계였어요. 어린 나이에도 손이 벌벌 떨리고 창백해질 정도로 너무나 황망하고 당혹스러운 감정을 느꼈습니다.

계모나 아버지나 한통속인 것처럼 제 얘기는 들은 척도 하지 않았습니다. 그 와중에 계모는 자기 자식들은 학교에 보내면서 학교 선생님들께 떡도 돌리고 닭도 잡아서 잘 봐달라며 대접했죠. 저는 그 모습을 보고 가슴이 찢어질 듯 아팠습니다. 어머니가 없는 슬픔과 매정한 아버지에 대한 분노에 매일 눈물로 밤을 지새웠습니다. 내 마음은 항시 어두운데 오늘 밤 저 달은 왜 저렇게 한없이 밝기만 한지요. 뜨거운 두 줄기 눈물이 홍수가 되어 내 갈라진 마음을 또 한 번 흙탕물로 뒤집어 놓았습니다.

어느 봄날에는 아버지와 함께 밭일을 하는데 엄마가 너무 보고 싶더라고요.

"아부지, 나 엄마가 무지하게 보고 싶어요. 그냥 엄마 얼굴 어떻게 생겼는지만 알려 주면 안 돼요?"

아버지는 단박에 고함을 치셨습니다. 얼마나 놀랐는지 몰라요. 놀란 가슴을 쓸어내리며 잠자코 쪼그려 앉아 땅이나 보고 있자니 서러움과 그리움에 눈물을 훔쳤습니다. 어머니와 화목하게 지내던 그 자상한 아버지가 맞는지, 순간 아버지도 사실은 계부가 아닐까 의심스러웠어요.

또 어느 날에는 계모를 중매해준 형의 동생분 딸이 집에 찾아왔어요. 학원을 초등학교 앞에 차렸는데 제게 아르바이트를 제안하더라고요.

"금순아, 네가 초등학교 선후배들을 많이 모집해주면 너는 그냥 학원 다닐 수 있게 해줄게."

"참말요? 그렇게만 하면 나 학교 다닐 수 있어요?"

"그럼, 참말이지!"

나는 너무 기뻐서 아버지와 계모에게 당장 아르바이트를 시작하겠다고 말했죠. 그런데 반응이 시원치 않았어요. 나는 너무나 실망스럽고 답답했습니다. 그래서 그 학원 원장님께 하소연하며 자초지종을 설명했죠. 그랬더니 내 딱한 사정이 그 학원 원장 선생님의 아버지에게도 소식이 들어갔는지 직접 집에 찾아오시더라고요.

"그쪽이 금순이 부모요? 나 학원 원장 아버지요. 아니, 누가 전처 자식에게 그렇게 합니까! 입장을 좀 바꿔 생각해봐요. 학원은 둘째치고, 대관절 누가 자기 딸애 학교를 못 가게 막습니까. 부모 맞아요? 집안에 돈이 없어, 아니면 애가 장애가 있기를 해, 대체 안 보내는 이유가 뭐요? 하! 알고 보니 부모한테 문제가 있구먼! 당신들은 이 애가 딱하지도 않소? 남의 자식이라도 이렇게는 안 하겠소. 애가 어떻게든 살아보겠다고 하면, 부모가 도와주지는 못해도 최소한 가로막지는 말아야지! 당신들, 똑똑히 들어요. 분명 이 업보가 돌아올 거요. 내 말 알아들으셨소!? 금순이는 내가 알아서 학원 등록시켜 놓고 다니게 할 테니까 훼방 놓지 마쇼!"

나의 마음을 속속들이 짚어가며 아주 두 사람 혼이 쏙 빠지게 화를 내주었습니다. 눈물이 날 정도로 통쾌했습니다. 저는 그 학원 선생님 아버지께 따뜻한 식사

한 번 대접해드리지 못해 항상 미안한 마음입니다. 따뜻한 어른의 올곧은 시선으로 세상을 바라보며 소신 있게 말할 줄 아시는 분이셨어요. 가족도 얕보는 나에게 따뜻한 말 한마디 해주는 사람이 없었는데 말이죠. 든든한 아군이 생겼다는 생각이 들었어요.

'정말 고마우신 분이다. 나중에 자라서 이 집안을 벗어나면 세상은 꽤 살만한 곳이 아닐까?'

그분은 내게 삶의 희망을 품게 해주셨습니다. 그에 비해 내 아버지와 계모, 가장 가까우면서도 멀었던 그 두 사람을 생각하면 한숨과 넋두리만 나옵니다.

그렇게 그분의 도움을 받아 초등학교 앞 학원에 다니게 되었습니다. 지금처럼 학습지가 잘 나오지 않던 시절이라 숙제하려면 많은 종이가 필요했어요. 집안에 종이 쓰는 사람이 없으니 구할 수 있을 리가 없고 계모 자식들은 내게 적대적이니 도움받는 건 일찌감치 포기했죠. 그래서 작은아버지께 가서 신문 몇 장만 좀 달라고 하니 신문이 없다고 하더라고요. 아쉬운 마음을 뒤로 하고 화장실에 들렀죠. 그런데 화장실에 가보니 신문지가 한 다발이나 쌓여있었습니다. 나에게는 오래된 신문 한 장 주는 것도 아까웠던 거죠.

그런 작은아버지가 내게 무엇을 해주었다고 어느 날 대뜸 연락을 해왔습니다. 작은어머니가 아프다고. 또 한번은 사촌 동생 사업하다가 실패로 유치장에 있다고 도와달라고. 큰 조카에게 엄마가 없다고 안타까워하지는 못해도 살가운 말 한마디 하지 않던 사람이, 신문 한 장도 아까워하시던 그 인색한 사람이, 안면에 철판을 깔고 도움을 요청한 겁니다.

작은아버지 집안 사정이 나빴으면 이해했겠죠. 하지만 작은아버지는 그 시절 광주 제일고등학교를 다녔어요. 전라남도에서 공부를 가장 잘해서 일본 장학생으로 뽑혀 다녀오기도 했답니다. 그런 사람이 조카를 위해 따뜻한 말 한마디, 돈 십 원 한 장도, 기껏 신문지 한 장도 도와준 적이 없습니다. 사촌 동생들에게는 설이고 추석이면 용돈을 조금씩 우리 집에서 줬는데 말입니다. 나는 작은아버지가 설이며 추석이며 오실 때마다 기대했어요. 혹시 이번에는 1원이라도 줄까, 과자라도 쥐여주며 "힘들지?" 따뜻한 말 한마디 해주지 않을까 하고요.

하지만 달라지는 건 없었습니다. 작은아버지나 아버지나 똑같았어요. 정말 피치 못할 사정이 있어서 도와주지 못했더라도 살갑게는 대할 수 있지 않았을까요? 저는 제 딱한 사정을 공감해주는 따뜻한 말 한마디가 더 절실했습니다. 죽고 싶은 마음이 내 마음을 깊이 물들였던 시절이니까요. 죽으면 끝인데, 홀홀 털고 떠나면 끝인데, 그러면 희망도 끝이겠다는 생각으로 악착같이 참고 버텼습니다.

그렇게 아버지와의 대화는 먹통이 되었어요. 그래도 아버지가 아버지로서 최소한의 도리를 다했다면 어땠을까요. 정신 차리고 나를 학교에만 보내줬더라면, 집안에서 힘들더라도 학교에서 숨 쉴 구멍이 생겼을 거예요. 그리고 무엇이든 배우고 익혀 머리가 트였을 거예요. 분명 지금과는 세상을 다르게 보았겠죠. 원망도 넋두리도 줄이고요. 내 나름의 꿈과 희망을 찾고 어쩌면 다른 사람들의 꿈과 희망을 응원할 수도 있었겠죠.

아버지와 계모는 어째서 내가 무얼 배운다고 하면

못마땅했던 걸까요? 가족으로 맺어진 인연이라고 하기엔 너무 비정한 사람들이었습니다. 아무리 막돼먹은 사람이더라도 사금파리 같은 선함은 있기 마련인데, 계모는 그저 나를 자기 이익만 좇으며 남을 이용해 먹는 아주 악랄한 사람이었어요.

당시 학교에 가지 않는 친구들은 정말 초가집 하나에 옹기종기 모여 사는 형편이었어요. 국민학교도 나오지 않은 친구들이 허다했죠. 지금이야 그 나이에 무슨 차이가 있겠냐고 할 수 있겠지만, 내가 굳이 집안 차이를 의식하지 않으려 해도 그 친구들이 의식하는 게 보였어요. 저는 나름대로 여유가 있는 집안인데 왜 학교에 가지 않는지 의아해하면서요. 그렇게 나는 집안에서도 밖에서도 이방인이었어요. 나를 알아주는 건 시퍼렇게 멍든 하늘, 그리고 나를 품어주는 건 사람 없는 논밭 그리고 죽은 어머니의 무덤이었어요.

혼자 눈물만 훔치던 어느 날, 참다못해 가출해서 구례역에서 기차를 타고 서울로 왔어요. 이모 집이 근처에 있어 잠자리는 해결했지만, 일단 내 힘으로 뭐라도 먹고 살아야 하니 식당에서 아르바이트를 시작했습니다. 꽤 규모가 있는 불고깃집에서 서빙을 맡았어요. 어떻게든 돈을 벌려고 일했지만 한 달에 800원을 받았어요. 음식물을 온몸에 튀겨가며 일하는데 그 돈으로는 갈아입을 옷과 생필품을 사면 주머니에 푼돈만 남게 되었죠. 그래도 식당 주인집 아주머니는 동갑내기인 자기 딸이라고 생각하겠다며 열심히 일해서 학교에 가라고 말하더라고요. 말이라도 정말 고마웠어요. 1년을 식당에 다녔지만 따뜻하게 대해주어서인지 일이 힘들지는 않았어요.

그러던 어느 날, 갑자기 너무 서러워서 더 이상 일을 할 수 없었어요. 입학 철이 되자 식당 주인집 딸은 이화여고에 가더라고요. 아들도 어느 학교에 잘 진학했어요. 일로 오가며 계속 이야기를 나누다 알게 된 건데, 식당 주인집 가족은 우리 집보다 못사는데도 자식들 모두 학교 보내고 화목하게 살더라고요. 하루 벌어 하루 먹고 사는 정도였는데 자식들 학교를 다 보내고 저렇게 화목할 수 있다는 게 충격이었죠.

집에 돌아와 보니, 아버지와 계모는 아주 깨가 쏟아지도록 잘살고 있었죠. 내가 어디서 무얼 먹으며 살았는지 물어보지도 않았습니다. 그리고 그새 동생을 8명이나 낳았더라고요. 너무 억울한 마음에 잘 돌보지도 못하면서 왜 그리 애들을 많이 낳았냐고 쏘아붙였더니 내 마음을 후벼파는 말을 하더라고요.

"저년이 내 자식 낳는 꼴도 못 보네!"

나는 자식도 아니라는 걸까요? 그리고 내가 입은 옷을 보며 계모는 물론이고 아버지까지 혀를 끌끌 차며 이렇게 말했습니다.

"의금야행(衣錦夜行), 비단옷 입고 밤길 걷기다!(아무 효력이나 의미가 없는 행동을 함)"

'저 사람이 내 아버지가 맞나? 그래, 두고 보자. 복수할 거야!'

마음속으로 울분을 삭이며 다짐하고 또 다짐했습니다.

그림에서는 어린 내가 계모에게 총을 겨누고 있는 경우가 많아요. 진짜 총이 아니라 마음의 총이에요. 그걸 계모 뒤통수에 대고 갈겨댔죠. 이렇게라도 표현

해야 한이 풀려요. 우리 집은 분명 부자인데 내 마음
은 너무 쓸쓸했죠. 논이 엄청나게 넓었는데 풍년이면
120석까지도 수확했어요. 감나무도 많이 길렀죠. 거의
1,000점 가까이 감을 땄어요. 오죽하면 구례 군수가 아
버지를 찾아와서는 너스레를 떨며 이렇게 말할 정도였
죠.

"어휴, 이렇게 많이 수확하시면 세금 좀 많이 내셔도
되겠어요"

'그런데 나는 왜 이렇게 남루하고 허전하게 지내야
할까.'

엄마 없이 매정한 아버지와 계모 밑에서 버티는 여
자애에게는 하루하루가 지옥이었습니다. 내 처지를 이
해할 수 없어 울기만 했죠. 방안에서 감나무 밑에서 그
리고 어머니 묘에 엎어져서 울었어요. 그때 흘린 눈물
이 섬진강 물줄기를 굵게 만들었을 거예요.

그렇게 그 넓고도 비좁은 감옥에서 버텼어요. 탈출
할 수 있었지만 이미 고된 서울살이를 겪어 의지가 꺾
인 상태였어요. 희망도 없고 의지할 곳도 없고 이 세상
에 오롯이 나 혼자라는 심정은 결국 나쁜 마음을 먹게

하더라고요. 죽을 생각을 여러 번 했어요.

어느 날엔 비밀리에 알약을 한 줌 구해서는 가슴 주머니에 품고 다녔어요. 그리고 아무도 없는 곳에서 손바닥에 알약 한 줌 올려두고 혼자 얼마나 피눈물을 흘렸는지 몰라요. 그나마 이미자 선생님의 애절한 노래가 있어 마음을 달랠 수 있었습니다. 하지만 나도 사람인지라 도무지 참지 못하는 날이 있더라고요. 그날 수면제 알약을 손바닥에 한가득 올려놓고 입술에 대고 생각했어요.

'내가 왜 이렇게 살아야 하지? 죽으면 끝 아닌가, 죽으면 엄마도 볼 수 있고 지긋지긋한 이 집에서 벗어날 수 있잖아. 이 알약만 삼키고 한숨 푹 자면 괜찮아질 거야. 그리고 엄마 무덤 옆에 묻혀서 엄마를 만나는 거야.'

알약을 입술 근처까지 가져다 대니 또 이런 생각이 불쑥 일었습니다.

'그런데 죽으면 이런 고민이 다 무슨 소용이지? 나는 그저 사람답게 살아보고 싶을 뿐이었는데, 나는 아무런 잘못이 없는데, 이건 너무 억울해! 이대로면 죽어

서도 떠돌아다닐 거 같아. 그래, 살아서 복수하자. 보란 듯이 살아남아서, 잘사는 걸로 복수하자.'

입술에 닿아 있는 알약이 줄줄 흐르는 눈물에 녹아 쓸쓸한 맛을 자아냈습니다. 나는 손을 부들부들 떨면서 알약을 땅에 던졌어요. 그리고 독하게 살자, 억울해서라도 살아야겠다고 다짐했습니다. 그리고 퉤퉤 입안을 헹구며 엉엉 울었어요.

그때는 사는 일이나 죽는 일이나 별반 차이가 없다고 느꼈어요. 너무 허무하고 야속한 시절이었습니다. 서울로 부산으로 돌아다니며 쾌활하게 노는 것 같다가도 무심한 하늘만 보면 눈물이 솟구쳤죠. 남들은 모두 공부하러 학교에 가는 날에 나는 세상만사 허무하게 바라보며 늙은 바람처럼 흐느꼈습니다. 그러다 화를 못 참겠으면 쌀을 팔아 돈을 만들어 옷을 해 입고 필요한 걸 샀습니다. 너무 억울해서 이렇게라도 풀지 않으면 죽을 것 같았거든요. 그런 아버지와 계모가 낳은 자식 중 계모 모시며 살다 간 큰 자식 하나 없어요. 부모와 자식 간 관계가 좋으려면 부모가 먼저 세상을 올바르게 바라볼 줄 알아야 하고 시대가 어떻게 변하는지

알아야 하죠. 그저 밥 많이 먹고 자식 많이 낳아서는
안 된다는 말입니다.

그래도 지금 돌이켜보면, 그때 죽지 않고 살길 참 잘
했다는 생각이 들어요. 지금은 내 든든한 남편과 자랑
스러운 자식들 그리고 나를 표현할 그림이 있으니까요.

그렇게 세월이 흘러 19살이 되었을 때도 나는 학교
에 대한 미련을 버리지 않았습니다. 계모가 창고를 자
물쇠로 잠가버렸으니 묘책을 내야 했지요. 나는 가족
들 몰래 머슴을 시켜 쌀 한 가마니를 팔아 서울이고 부
산이고 홀로 돌아다녔습니다. 또 구례에 있는 대구양
장점에서 옷을 맞춰 입었죠. 지금은 늙었지만 그때는
나도 한 맵시 했거든요. 나는 특히 원피스와 미니스커
트가 잘 어울렸어요. 서울, 부산, 광주를 쏘다니면서 예
쁘다는 소리 많이 들었죠. 그러다 돈이 부족하면 집으
로 돌아가 또 부모님 몰래 머슴을 시켜 쌀을 팔아 돌아
다니며 방황했습니다. 학교도 알아보았지만, 부모의 동
의와 방문이 있어야만 가능하더라고요. 나는 어떻게든
내 울분을 해소해야 했습니다.

나는 그 방황을 후회하지 않아요. 그저 방황할 수 있었다는 사실에 안도합니다. 그것도 안 했으면 진작 죽었을 거예요. 구례군에서 콩쥐팥쥐로 살다가 갑자기 소문난 멋쟁이가 되었죠. 하지만 마음이 쏠리는 건 결국 공부였어요. 학교에 다니는 거요.

계모는 일 년에 친정을 봄, 가을이면 두세 번은 꼭 갔습니다. 어린 나이의 저는 약간 의심이 갔습니다. 바로 순천 계모 친정집을 찾아가 봤는데 초가삼간이더군요. 방 두 칸에 부엌 하나 있는 집이었습니다. 살림살이는 빈곤하다 못해 비참한 수준이었습니다. 그런데 우리 집에 오면 왜 그리도 콧대가 높아지고 야속하게 구는지요. 친정에 가서 점심도 얻어먹게 되어 낮잠까지 자게 되었는데 계모와 계모의 친정엄마는 야멸찬 말을 쏘아댔어요. 네가 좋아하는 남자 있으면 시집이나 가라는 둥, 네가 남자를 좋아한다는 둥, 별의 별소리를 다 듣고 그 겨울 추운 밤, 홀로 기차를 타고 집까지 덜덜 떨며 혼자 걸어왔습니다.

그런데 차후에 부산에 살 때 계모 큰집 큰 언니가 나

에게 말해 주기를, 우리 집 재산을 친정에 주면서 먹고 살았다고 합니다. 세상에, 사람이면서 어떻게 이럴 수가 있을까요. 그렇게 학교를 보내 달라고 두 손 모아 싹싹 빌면서 애원했건만 내 말은 허공으로 다 날아가 버린 겁니다.

집에 머물 때면 나는 그저 식모였습니다. 계모는 내게 온갖 일을 몰아서 시키고 8남매의 이복동생들은 남부럽지 않게 학교에 보냈습니다. 하지만 부모가 자식들을 잘 가르치지 못했는지 몰라도 동생들은 정신적인 문제가 많았습니다. 남동생 둘이 밑에 여동생 둘을 자주 때렸지만, 계모나 아버지가 남동생들을 바로 잡지는 못했습니다. 큰 남동생은 계모에게 쓸데없이 여자애들만 많이 낳았다고 손찌검하고 발로 차기도 했죠. 어떤 날은 살림살이를 깨부수며 집안을 엉망으로 만들어놓기 일쑤였어요. 도무지 이해할 수가 없었어요.

'이상한 애들이야. 우리 집엔 저런 사람이 없었는데.'

어느 날 동네사람들이 말하는 걸 엿들었죠. 알고 보니 계모는 자식들 외탁을 많이 했는데, 외탁했던 외삼촌

이 좀 이상한 사람이었습니다. 외삼촌 영향인지 8명의 동생은 거의 다 부정적인 면이 많았고 욕심도 많고 성질이 사나웠습니다. 큰 남동생은 홍역을 앓다 죽다 살아났지만, 뇌가 다친 건지 행동거지가 괴팍했습니다. 게다가 큰 남동생은 둘째 남동생의 귀가 안 들린다며 공부를 소홀히 하고 학교마저도 가기 싫다고 하지 뭐예요.

집안 꼴이 그리되기 전에 아버지나 계모가 나에게 살가운 말 한마디 건넸다면 어땠을까요? 배가 다른 자식들이라지만, 그래도 식구인데 최소한의 도리를 다해 줬다면 집안 꼴이 달라지지 않았을까요? 아무리 생각해봐도 아버지는 한없이 얄미운 계부였어요.

그래도 큰딸이니까 학교도 가라고 하고 집안을 잘 살펴줘서 고맙고 학교 못 보낸 것이 미안하다고 말 한 마디 해줬으면 좋았겠죠. 하지만 지금까지도 단 한 명도 미안하다고 말한 사람이 없습니다. 세월이 흘러 제 가족을 일군 다음에 만나서는 계모 식구들이 내게 이렇게 말하더라고요.

"그때는 나라가 어려워서 학교를 많이 안 보냈잖아.

170

우리 집도 어려웠고 다 어렸잖아. 그러니까 잊자. 응?"

"뭐라고? 그건 말이 안 되지! 학교에 갈 사람은 다 가더라! 그러면 우리나라 정치, 외교, 그 모든 생활은 다 누가 했는데? 우리 집안에서 일하는 사람, 누리는 사람 따로 있었어? 나한테 대체 왜 그랬던 건데?"

물어봐도 제대로 된 대답 하나 못합니다. 그러면서 얼버무리며 더 큰소리를 치고 있죠. 8명 중 7명의 이복 동생은 모두 대학교에 진학했습니다. 둘째 동생은 귀가 잘 안 들린다며 본인이 자처해서 대학교에 가지 않겠다고 했습니다. 여동생들도 모두 서울에 있는 대학교를 보내줬습니다. 모두 어려운 시절이었다고는 하지만, 집안이 잘살고 부모 교육이 있는 집안은 서울로 부산으로 지방으로 모두 학교를 많이 보냈습니다. 큰 남동생은 순천대학교를 나왔는데 아직도 한글을 잘 모릅니다. 그런데 순천대학교 서무과장이 계모의 친척이라 돈으로 입학한 것이죠. 그렇게 자기가 낳은 자식들은 대학까지 보낼 정도로 여유가 있었는데, 나는 배가 다른 자식이라고 고작 초등학교만 나오게 했던 거잖아요.

아무리 생각을 해봐도 이해가 가지 않았습니다. 저

는 어엿한 조강지처의 딸인데 저는 아버지한테 아무리 매달려도 받은 것 하나 없이 자랐으니까요. 그래요, 그 자식들 말대로 다 지나간 일이라고 해요. 계모 자식들은 대학교까지 나왔지만 공무원 시험이나 유명한 회사 같은 데 시험 한 번 치는 꼴을 못 봤습니다.

계모를 생각하니 끝도 없이 기억이 떠오르네요. 가장 어처구니없던 일은 계모 딸의 사위가 다리가 아프다고 내게 돈을 달라고 했던 일입니다. 형제와 형제 배우자 모두를 통틀어서 돈을 가장 잘 벌었는데, 집안의 도움도 받지 못하던 내게 다리가 아프다면서 돈을 달라더라고요. 나 참, 도대체 무슨 염치로 말을 하는 건지 아무리 생각해봐도 답이 없었습니다. 세상이 얼마나 변했는지도 몰라, 다들 배운 사람들인데 번듯하게 직장 잡는 애들이 한 명도 없었습니다. 이외에도 어처구니없는 일이 참 많았는데 책 한 권을 써도 부족할 정도입니다.

한숨과 눈물로 꽃다운 나이를 보내다 어느새 연애도 해보고 중매로 결혼하게 되었습니다. 계모는 연애편지만 와도 그놈이나 따라가라고 했고, 아버지는 결혼은 그렇게 하는 게 아니라며 저들끼리 싸우기도 했어요. 기가 찼습니다.

'대체 내게 무슨 말을 할 수 있다고 저러지? 그리고 대체 누가 결혼하는데 자기들끼리 저렇게 싸우는 거야? 저 둘을 보면 결혼하면 다 개고생일 것 같은데 안 하는 게 낫지 않을까? 아냐, 그래도 이 집구석 탈출하는데 결혼이 대수일까. 나는 어떻게든 살아갈 자신 있어.'

나는 마음을 다잡고 중매로 만난 총각과 결혼하기로 했습니다. 중매쟁이는 총각이 부산에서 학교생활, 군 생활을 했다고 했어요. 외모가 훌륭하고 부잣집 아들이었지만 직업이 특출나지는 않았어요. 사실 결혼하기 싫었습니다. 앞으로 외모가 훌륭한 부잣집 도련님과 함께 살아가려면 얼마나 고생이 많겠어요. 하지만 그 저 사람 구실은 하는가보다 싶었고 무엇보다 더 이상 계모와 함께 살기 싫어서 그 총각과 결혼했습니다.

그 당시 결혼비를 백만 원 잡더라고요. 그 당시 큰돈이었죠. 고등학교를 졸업할 수 있던 돈이었습니다. 그 돈으로 결혼이고 나발이고 아무도 모르는 곳으로 도망가 학교에 다니고 싶었어요. 그 정도로 집구석이 지긋지긋했고 또 공부가 너무 하고 싶었습니다. 그런데 계모가 그 돈을 얼마나 잘 간수 하던지요. 결혼비를 들고 날라버리는 건 꿈도 꿀 수가 없었습니다.

드디어 결혼식 날이 되었습니다. 마음을 다잡은 덕인지 결혼식은 특별한 사건이나 사고 없이 잘 치렀습니다. 그런데 총각과 나, 두 사람의 인생이 바뀌는 결혼식보다 기억에 남는 건 결혼식 행태였습니다. 생전 나를 위해 돈 한 푼 안 쓰고, 뜨거운 음식 한 번 안 해주던 계모가 무슨 음식을 그리 많이 만들어 내왔던지요. 떡을 몇 가마나 하고 돼지도 잡고 닭도 아홉 마리나 잡더라고요. 그 돈이면 고등학교 정도는 졸업할 수 있을 것 같다는 생각뿐이었습니다. 그 많은 음식과 허례허식을 동네 사람들한테 다 인심 쓴다며 체면치레한 거죠. 딸 결혼할 때 음식들 잘 먹인다는 소리, 딸 잘 키워서 부잣집에 시집 보낸다는 소리 들으려던 속셈이었겠죠. 막상 결혼식이 끝나고 신랑과 함께 살 신혼집에 들어가 보니, 내가 차려입을 옷 한 벌이 없었습니다. 허울만 좋은 허망한 결혼식이었어요. 계모가 얄미웠습니다.

　집에서도 새는 바가지는 시집을 와서도 새는 바가지였을까요? 나는 그렇게 살아오지 않았지만, 인생의 분기마다 매번 새로운 고난의 시작이니, 혹시 내가 문제가 아닐까 하는 생각까지 했습니다.

　시골에서 결혼해서 시골에 자리를 잡았지만, 사실 나는 도시로 나가고 싶었어요. 시골에는 안 좋은 기억들만 있으니까요. 내가 도시로 나가서 살자고 신랑에게 자주 말했지만, 신랑은 딱 잘라 거절하며 도시 얘기 꺼내는 것조차 싫어했습니다.

　'그래, 내가 참고 잘 살면 나아지겠지.'

　하지만 가만히 있어도 들이 받치는 게 인생사더군요. 시어머니와 시누이 셋을 머리에 이고 하는 시집살이는 장난이 아니었습니다. 시어머니는 자기 시집살이에 시달리다가 머리가 돌아버렸는지 의심스러울 정도로 지독했어요. 자기가 시달린 만큼 나도 당해보라는 거였을까요? 아주 피를 말렸습니다. 또 시누이들은 맨

날 친정집으로 와서 살다시피 하면서 싸움을 걸어왔습니다. 그 누가 큰 올케한테 '홀애비 딸년'이라 욕을 하고 머리채를 잡고 싸움을 하나요? 한 시누이는 내가 하는 일마다 사사건건 다른 시누이들에게 일러바쳤고 그걸 트집 잡아 싸움을 부추겼습니다. 그런데도 시가 식구들은 강 건너 불구경하듯 가만히 보고만 있었어요. 현재 시누이들과는 일년내내 전화 한 통 하지 않고 남처럼 살아갑니다.

돈 한 푼 없고 직장도 변변치 않은데 부산으로 이사해보니 이 세상 살아가기란 참으로 비참하더라고요. 빈 몸으로 나온지라 친척들 큰집, 작은집에 몇 달 묶으면서 고생을 많이 했습니다. 부산에 들어올 때 차비도 없어서 친정에서 빌려왔지요. 시댁에서는 차비 한 푼도 주지 않았거든요. 그래도 시댁에서 도움을 준 일도 있습니다. 부산 남포동에 있는 마음 좋은 시작은 집에 신세를 많이 졌지요. 그때부터 남편과 많이 싸우며 정이 들었죠. 지금에야 정이라고 말하며 웃어넘기지만, 당시에는 아주 죽을 맛이었어요.

참 많은 일이 있었는데 대목들만 요약해볼게요. 당시 큰아들을 임신하고 있어 신랑이 순산하라고 30만 원을 주었는데 시어머님이 그 돈을 다 빼앗아버렸습니다. 둘째 큰딸 낳을 때도 아침에 출근할 때 배가 아프다고 하니 무얼 잘못 먹은 거 아니냐고 하면서 출근을 해버렸습니다. 그래서 혼자 덩그러니 남은 집에서 애를 낳는데 얼마나 고생인지 하늘이 빙빙 돌더라고요. 애 낳고 기절하고 눈 떠보니 저녁이었죠. 둘째 딸도 마찬가지로 낳아 놓고 몇 시간 만에 깨어났어요. 그 후 3년이 지나 셋째아들이 생겨 우리 부부는 아주 열심히 살아야 했습니다. 그렇게 아들 둘에 딸 하나를 낳게 되었죠.

이후 신랑은 부산에서 건축업을 하면서 한때는 돈도 잘 벌었습니다. 집도 지어 살게 되었는데 행복한 것도 잠깐이었나 봅니다. 신랑이 전기공사를 많이 하게 되어 공공칠가방에 가득 돈을 가지고 왔었습니다. 그런데 나에게 잠깐 보여주고는 가방을 든 채로 택시를 타고 가버렸습니다. 나도 택시를 타고 쫓아갔더니 부산에 영주동 코모도 호텔 카지노에 들어가는 겁니다. 가는 거기가 무엇을 하는 곳인지 잘 몰랐어요. 그래서 처음에는 구경 좀 하고 집에 가자고 했습니다. 그 돈을 나를 줘야 할 텐데 한 푼도 주지 않았습니다. 그리고 그 이듬해에 또 그 가방을 나에게 보여주고는 또 밖으로 나가버렸습니다. 세 번이나 그렇게 했어요. 나는 아이들이 셋이나 되어서 하루하루 급급한데 내 평생에 잊을 수 없는 큰 상처가 되었습니다.

그리고 얼마 지나지 않아 엎친 데 덮친 격으로 IMF 날벼락을 맞았죠. 그때는 애들 셋이 고등학교, 대학교 다니던 때라 경제적으로 참 힘들었어요. 얼마나 힘이 들었냐면 집도 팔아서 애들 밑에 들어가야 했습니다. 하지만 사람은 올바르게 살아가면 살길이 생긴다고, 김영삼 정권에서 순천에 길을 낸다고 하여 그 사업으로 득을 보게 되었죠. 늦었지만 살림살이도 안정되었고 학교에라도 갈 수 있지 않을까, 생각했지만 한 치 앞도 모르는 인생사, 갑자기 흉년이 들어 한참을 고생

했습니다. 그 심정을 표현이 부족해 어떻게 표현해야 할지 모르겠습니다. 아랫도리 바지 하나 가지고 3년을 입었어요. 엉덩이에 구멍이 날 때까지요. 싸구려 옷을 사면 다 해지도록 입었습니다. 고기가 당기면 닭 한 마리 사다가 국을 끓여 오래 먹고 그랬지요.

남편과 결혼 후, 돈을 모아 순천에서 부산으로 이사 올 때는 남는 차비 한 푼도 없었어요. 그때는 부산에 작은 아버님이 남포동 할리우드라는 빌딩에서 사는 덕에 도움을 많이 받았습니다. 이리저리 끌어모은 돈으로 남편과 함께 15만 원 보증금으로 전세를 얻어 살았어요.

악착같이 살아가던 어느 날이었어요. 오후 3시경이었을까, 문 앞에서 자루를 질질 끄는 소리가 들리더니 익숙한 할머니 목소리가 들리는 게 아니겠어요. 시골에 계신 어머님이 보리쌀 한 가마니를 가지고 부산을 오신 겁니다. 우리가 어디에 사는 줄도 모르고 심지어 주소도 외우지 못하는 분이 말이죠.

대체 이 먼 곳까지 어떻게 오셨냐고 여쭈니, 그냥 우리네가 어떻게 사는지 궁금하셨답니다. 교통도 지금처럼 좋지 않은데, 먼 시골길부터 복잡한 도심까지 그 무거운 보리 한 가마니를 질질 끌며 가지고 오신 거죠. 마음이 짠해서 이런저런 이야기를 나누었습니다. 그러다 사정이 어려우신 걸 알았어요.

당시 부산에서 순천으로 가는 고속버스 차비가 3,500원에서 4,000원 했습니다. 남편이 나를 따로 불러 어머님 형편이 딱하다고 이야기하더라고요. 그러다 잠시 머뭇거리더니 내게 어머님이 가실 때 손에 쥐여주라고 9만 원을 건넸습니다. 우리가 가진 형편에서는 거금이라 고민했지만, 결국 어머님 가시는 길에 그 돈을 드렸습니다. 어머니는 고맙다고 하셨지요. 어머님이 문을 나서는데, 남편이 먼 길 오셨으니 역까지는 바래다드리겠다면서 배웅하더라고요. 먼저 돌아가신 내 어머니와 일찍 죽은 동생이 생각나서 가슴이 아려왔습니다. 시누이가 세 명이나 되지만 결국 기댈 곳은 아들인 남편뿐이려나 싶어서요. 어머니가 살아만 계신다면 남편처럼 있는 돈 없는 돈 끌어모아 도와드리거나 같이 살거나 했겠지요.

다음 날, 남편과 어제 다녀가신 어머님 얘기를 하다가 까무러칠뻔했어요. 아니 글쎄, 남편이 어머님을 역에 배웅하면서 15만 원을 더 드린 게 아니겠어요? 우리 사는 집이 전세 15만 원인데 말이죠. 황당했습니다. 아무리 어머니라지만 배우자인 내게 상의도 없이 몰래 돈을 드렸다는 게 너무 서운했어요. 남편은 그래도 어머니가 어려우시다는데 어떻게 하겠냐고 아들인 내가 도와야 한다며 말문을 막아버렸습니다. 기가 막혔죠.

그날 남편에 대한 신뢰를 잃었어요. 그렇다고 따지고 들며 비난하자니 나만 초라해질 게 뻔했습니다. 나는 어머님도 없고 아버지와는 관계가 틀어졌으니까요. 챙겨줄 사람, 챙김을 받을 사람 하나 없는 홀몸인 내가 비참해질 테니까요. 하지만 화가 누그러들지 않았어요. 자기 친정을 돕는 일은 좋다 이거에요. 하지만 함께 사는 아내가 있는데 전세금을 웃도는 거금을 그렇게 몰래 드리는 건 도리가 아니잖아요?

결국 분통이 터져서 남편과 크게 다투었습니다. 우

리가 오래 연애해서 결혼한 것도 아니고 중매로 만나 여기까지 왔는데 서로 신뢰가 중요한 거 아니냐고, 따져 물으며 신세 한탄을 했습니다.

마침 그 시절부터 부산에 부동산 붐이 일어났어요. 시어머님은 3, 4년을 그렇게 보리쌀 한 가마니씩 가져오시더라고요. 시어머님이 오실 때마다 나는 덜컥 겁이 났습니다. 그때마다 남편에게서 얼마씩 가져가시는지, 일 년 내내 모아놓은 돈이 다 없어지는 것 같았죠. 나는 그때마다 화를 누르고 돌려서 말씀드렸습니다.

"어머님, 보리쌀 가져오지 마세요. 얼마나 힘이 드는데요."

그래도 어머님은 몇 차례나 더 보리쌀 가마니와 돈을 맞바꿔 가셨어요. 결국 우리는 몇 해가 지나도록 집을 사지 못했습니다. 그러다가 있는 돈 없는 돈 다 끌어다가 집을 사려고 시아버님께 조금만 도와달라고 부탁드리게 되었죠. 그런데 시아버님은 딱 잘라 이렇게 말씀하셨습니다.

"돈? 내가 무슨 돈이 있어! 없어."

"아니, 아버님! 시어머님께서 해마다 보리쌀 한 가마

니씩 들고 오셔서는 돈을 가져가셔서 이만저만 돈 많이 드렸잖아요."

"난 모르는 일이다."

"아버님, 전세도 받아서 다시 돌려드릴게요. 시아재 결혼해서 아파트 살 때 저희가 중도금도 빌려드렸잖아요."

"아 글쎄, 나는 모르는 일이라니까!"

"아버님 너무 하세요! 세상에 어떻게 이러실 수가 있어요? 놀고 있는 논이라도 팔아서 해주세요. 집값은 자꾸 올라가는데 저희는 작은 전셋집에 묶여서 손가락만 빨고 있잖아요. 불쌍하지도 않으세요?"

알고 보니, 시아버님은 그 논을 팔아 딸내미가 정신 병동에 입원했을 때 써버리셨더라고요. 고작 몇 마디 말로 입을 딱 다무시더라고요. 어안이 벙벙해서 말을 더듬으며 계속 도움을 요청했으나 돌아오는 건 핀잔과 침묵 그리고 무시였습니다.

그러던 와중에 시어머니가 중풍으로 쓰러져 우리에게 연락이 왔습니다. 부산의 한 병원에서 치료받으신다고요.

우리더러 어쩌라는 걸까요? 작은아들 결혼할 땐 패물도 많이 해줬으면서 우리에게는 패물 하나 없이 고작 금반지 하나 해줬습니다. 작은며느리 패물을 해주시면서는 가진 돈이 없다며 시아버지가 나에게 직접 돈을 빌려달라고 했던 적도 있었죠. 도무지 상식이 통하지 않았습니다. 착해빠진 신랑은 그래도 우리가 조금 모은 돈이 있으니 거들어야 하지 않겠냐고 하기에 정말 많이 싸웠습니다. 한번은 아파트 중도금을 남편이 빌려드리라고 하더군요. 나는 이 남작 부모한테 아닌 건 아니라고 왜 똑 부러지게 말을 못 하는지 울화가 치밀었습니다. 아버님이 그렇게 말씀하시려면 큰며느리한테 반지라도 하나라도 해주셔야 했습니다. 아무리 어르신이라지만 그래도 내가 큰며느리인데 말이에요. 동서한테는 그렇게 온갖 보석을 갖다주시더니 나는 왜 차별 대우하시는 걸까요? 똑같이 대하시진 않더라도 최소한 성의는 보이셔야 한다고 생각했습니다. 남편에게 내가 너무 많은 걸 바랐던 걸까요. 왜 그 한마디 말을 안 하는지 모르겠습니다.

아래 동서는 결혼할 때 보석도 사주고 마음을 흡족

하게 해주어서 그런지 요즘도 항상 웃는 얼굴입니다. 나도 누군가가 오로지 나를 위해 예쁜 보석을 선물해 주면 좋겠어요.

세월 앞에 장사 없다고 하죠? 아버지는 어느새 아주 늙어버려 병원에 갈 돈도 없이 누워만 있는 신세가 되었습니다. 그런데 계모 자식 중 어느 하나 아버지를 병원으로 모시자고 하거나 병원비를 보태는 사람이 없더라고요. 그런 지리멸렬한 집안에 환멸을 느끼면서 아버지는 번듯한 병원 침대에 한 번 누워보지도 못하고 돌아가셨습니다. 나는 그 광경이 너무나 꼴 보기 싫었습니다. 그렇게 매정하게 굴 거라면 잘살기라도 했어야죠. 그래서 아버지가 돌아가시기 전, 나는 가슴에 쌓인 응어리를 모두 쏟아냈습니다.

"아버지! 세 번이나 처녀에게 장가가면서 심사숙고 잘했어야죠! 아버지 욕구불만 채우려고 그렇게 나를 내팽개치고 장가나 다니던 끝이, 결국 이 꼴이에요? 집안은 다 망해버렸는데, 계모는 큰소리치면서 달아났잖아요. 내가 계모 친척에게 전해 들었어요. 계모 친정엄마가 하는 말이, 아버지가 굶어 죽지 않고 지금까지 살아올 수 있었던 이유는 구례에 간 딸 덕이라고 했대요. 계모 자식들은 아버지가 앓아누워도 누구 하나 도와주지 않아요.

그래요, 다 지나간 일이라고 쳐요. 치사하고 억울하지만 나는 내 몫은 바라지도 않고 그냥 내 살길 찾아 예까지 왔어요. 지금 따진다고 달라지는 거 하나 없는 거 알아요. 다 따질 수도 없고요. 그런데 우리 할머니요? 아버지 낳아주신 어머니는요? 죽기 전에 하동 동생네 한번 가보고 싶다고 했는데도, 그깟 차비 하나 쥐여주지 않아서 할머니는 방구석에서 병이나 앓다가 돌아가셨죠. 그것도 원래 할머니 재산이었잖아요!

아버지, 나는 그래도 아버지를 이해해보려고 했어요. 아버지가 어머니 잃은 상심이 커서 방황하나 생각도 해봤어요. 그런데요, 그게 아니었잖아요. 아버지가 할머니와 나를 이렇게 비참하게 방치하는 걸 보면서 계모는 나를 아주 우습게, 개차반도 아니게 대했잖아요! 이 나는, 나는 아버지 자식 아니에요? 그저 학교 좀 보내달라고 그렇게 애원하고 사정해도 들은 척도 안 하더니, 이렇게 아버지 죽기 전에 와서 하소연이나 하고 있잖아요. 나 아버지 큰딸 맞아요?

계모는 친정 식구들 먹여 살리느라고 그렇게 못되게 굴었구나 싶어요. 그런데, 정도라는 게 있잖아요. 집안 식구들 밥도 나한테 맡겨놓고 그간 농사지어 놓은 거, 다 순천 친정집에 보냈잖아요. 아버지 바보예요? 그렇게도 철부지예요? 아버지 때문에 집안 꼴이 뭐예요!

할머니가 늘 하셨던 말씀이 있어요. 내가 죽으면 금순이 네가 저것들 어떻게 사는가 꼭 지켜봐야 한다고. 너한테 밖에 전할 사람이 없어 말한다고. 너는 아직 젊지 않냐고.

아버지, 나는요, 젊은 적이 없어요. 어머니 돌아가신 그날부터, 아버지가 정신 못 차리는 바람에 젊을 새도 없이 원망 가득한 아줌마가 되어버렸다고요! 할머니 말씀만 생각하면, 이 집안과 아버지만 생각하면 자다가도 벌떡 일어나요. 가슴이 꽉 막히고 뜨겁고 답답해서 피 토하고 죽을 것만 같아요!

나는 늘 내가 어떻게 살아가야 하나, 기술도 없고 내세울 건 초등학교 졸업뿐인 내가 늘 걱정이었어요. 아버지는 내 걱정 쌀 한 톨만큼이라도 했어요? 아버지가 너무 밉고 원망스러워요. 아버지는 자기 큰딸이 울고 원망하는지도 몰라 까막눈이라고 생각했죠? 아버지와 계모 자식들은 사회에 나가서 돈 잘 벌어서 잘 살라고 학교 보내고, 전처 자식은 시집 보내면 그만이었죠? 내가 굶든 말든 아버지 알 바 아니니까요. 내가 얼마나 고생했는지 알아요?

네, 그래요. 엄마 없이 살아보지 않은 사람은 잘 모르겠죠. 왜 그리 울었는지 하늘이 오늘은 맑고 깨끗한지 구름 한 점 없이 흐느끼기 딱 좋은 하늘이라 울고 또 울었어요. 나는요, 아버지가 너무 원망스러워요. 아버지 죽으면 우리 엄마 옆에 가지도 말아요. 내가 이렇게 힘든데 나를 두고 간 내 엄마는 마음이 오죽하겠어요?"

아버지는 병상에 누워 아무 말씀도 못 하셨습니다. 그저 눈을 지그시 감았다 떴다, 신음하며 아픈 몸을 웅크리고 돌아누워 기침만 해댔지요. 나도 더는 할 말이 없었어요. 이빨 다 빠진 아버지에게 내가 무얼 기대하겠나요. 이렇게라도 수십 년 쌓인 뜨거운 용암 덩어리를 뱉어내지 않으면 가슴이 짓눌려 숨이 쉬어지지 않으니 무어라도 토해야 했습니다.

그렇게 아버지는 쓸쓸히 돌아가셨습니다. 그리고 제사 첫날 밤이 되었죠. 그런데 꿈에 아버지와 어머니가 나오는 게 아니겠어요? 얼굴은 흐릿했지만 분명 어머니라는 확신이 들었습니다. 어머니는 명주 치마와 저고리로 곱게 단장하고 제사상 앞에 앉아 맛있게 음식을 먹고 있었죠. 그런데 아버지는 검은 갓에 검은 두루마기 옷을 입고 엄마 옆에 무릎 꿇은 채 고개만 숙이고 있었습니다. 그때 어머니가 하는 말이 또렷이 들려왔어요.

"이승에서 나를 그렇게 고생시켰으니 당신은 제삿밥 먹을 자격도 없어!"

"…."

아버지는 꿀 먹은 벙어리처럼, 재갈이 물린 죄인처럼 그저 고개만 주억거렸습니다. 주인처럼 제사 음식을 맛있게 먹던 어머니와 그 모습을 죄인처럼 지켜만 보던 아버지. 어머니가 아버지에게는 눈칫밥만 먹게 했던 거죠. 참으로 이상하고 놀라운 꿈이었습니다. 어머니가 내 한을 풀어주려고 잠시 저승의 모습을 보여주었던 걸까요? 사람이 살아가면서 사랑하는 가족들, 내 주위 사람들에게 큰 상처를 주지 말아야 한다는 걸 실감했습니다.

그리고 앞에 말한 것처럼, 할머니는 차비만 있으면 하동에 동생네에 다녀오고 싶다고 했었습니다. 차비가 없어 못 가보고 중풍으로 고생하시다가 돌아가셨습니다. 그 와중에도 계모는 떡을 해서 순천 친정에 갔습니다. 할머니 먼저 동생네에 보내드리고 순천을 다녀와도 되는데 말입니다.

지금 계모는 치매로 요양원에 있습니다. 그런데 8명의 자식 중에서 한 명도 모시는 사람이 없습니다. 아버지 몸이 안 좋을 때도 대학 나온 놈들이 돈 모아서 병원에 다녀오라고 했던 적이 없다고 하더라고요. 참으로 허망하지요. 두 노인네가 고생고생하면서 돈을 모아 먹이고 입히고 학교 보내주었는데도 그 여덟이나 되는 자식들은 아무도 아버지 모실 생각을 하지 않더라고요. 나에게 잘해준 적 없는 사람이라지만, 계모는 제 자식들을 끔찍하게 아끼는 게 보여서 어머니라는 존재는 원래 저런 거구나 이해되는 부분도 있었거든요. 그런데 자식들은 왜 저러나 싶어요. 인간이란 원래 이토록 이기적이고 매정한 존재인가 싶어 마음이 허해지더라고요. 아득바득 제 자식들만 바라보며 뼈 빠지게 일했는데 돌아오는 게 이런 거라면, 차라리 자기를 위해 살아가면 낫지 않았을까요?

힘겨웠던 IMF 풍파를 지나며 애들 아빠가 심덕이 있어서인지 친척의 소개로 일자리를 얻어 서울로 이사하게 되었습니다. 하지만 항시 제 마음속에 불안이 있었습니다. 저는 언니나 오빠도 없고 어디다 내놓고 말할 곳 없어 외로웠지요. 나는 사회생활을 하는 직장인도 아니고 기술이 있는 것도 아니었으니까요. 하는 수 없이 집안일을 하며 손주 손녀를 돌보다 보니 중년이 넘어가더군요. 갑자기 시간이 많아진 나는 내 인생의 발자취를 더듬어보기 시작했습니다. 정신을 차리고 내가 할 수 있는 걸 찾아보기 시작했어요. 그때 다시 학교에 가고 싶다는 생각이 들더라고요. 사람이 정신을 차리고 살아야 한다는 말이 이런 뜻일까요? 볼품없고 희망 없이 살던 내가 나이 육십이 되고 나서 눈물로 지새웠던 내 인생에 행운이 계속 찾아왔습니다. 크게 세 가지 행운이 있어요.

첫 번째 행운은 판교 아파트가 두 채나 당첨되었습니다. 이건 긴 설명이 필요 없지요. 가난해서 서러웠던 마음이 어느 정도 해소되었죠. 그래도 조금이라도 더 젊었을 때 이런 행운이 왔더라면 하는 아쉬움은 있습니다.

두 번째 행운은 장지동에 있는 주부 한림 중고등학교에 입학하여 만학도가 되었습니다. 늦은 나이에 배워서 무엇 하나 하지만 공부하지 않으면 눈을 감을 수가 없을 것 같아 원이라도 없게 해야지 하여 수소문한 끝에 입학원서를 제출했죠. 중학교는 신나게 다녔지만, 고등학교와는 하늘과 땅 차이였습니다. 밤낮으로 가족들의 도움을 받아 공부에 매진했습니다. 남편과는 한문 공부를 하고 딸과는 영어 공부를 했죠. 노후에는 그림이나 그리면서 살아야 하지 하는 가벼운 마음으로 그림은 화원에서 배웠고, 고등학교를 모범생으로 졸업하며 보란 듯이 어린 시절의 소원을 이뤄냈죠.

세 번째 행운은 내가 백석대학교 미술전공자, 미대생이 된 것입니다. 내가 지원한 대학은 과일을 그리는 게 실기시험으로 나온다고 했어요. 그래서 참외, 오이, 가지, 수박, 오렌지, 복숭아 등등 일주일 동안 과일만 그려댔죠. 그런데 장미꽃이, 그것도 한 박스에 가득 담긴 장미꽃다발이 나오더라고요! 그전에 장미는 딱 한 번 그려봤는데, 눈앞이 하얘지면서 손이 덜덜 떨렸습니다. 태어나서 그렇게 떨어본 건 처음이었어요. 아시다시피 나는 어릴 적에 이미 산전수전을 다 겪어서 기가 센 편이에요. 학교에 가지 못하고 학원에 다닐 적, 가끔 질 나쁜 어린 순경들이 농담하며 수작을 부린 적이 있는데 그 자리에서 귀싸대기를 올려 칠 정도였죠. 그런 내가 장미꽃을 보며 벌벌 떨 줄이야!

아침 9시부터 오후 1시까지. 시험 시간은 네 시간. 우선 배경을 칠하며 마음을 가다듬었죠. 그런데 말을 들지 않는 건 손뿐만이 아니었어요.

"감독님! 화장실이 급한데 다녀와도 될까요?"

"규칙상 정해진 시간에만 되지만, 정 급하면 다녀오세요. 그래도 정해진 시간에는 그림을 끝내야 합니다."

화장실 변기에 앉아서는 '어떻게든 붙어야겠다!' 그 생각만 했습니다. 아니, 그런데 내 몸이 왜 말을 안 들었을까요? 그 뒤로도 두 번, 세 번, 네 번… 삼십 분마다 화장실에 다녀와야 했습니다. 같은 교실에 있던 수험생과 감독들에게 너무 미안하고 창피했죠. 하지만 그보다도 더 괴로운 건 이 시험을 결국 망치는 일이었습니다. 나는 눈에 불을 켜고 내 인생의 꿈이 달린 백지를 장미로 채우기 시작했어요. 한 잎 또 한 잎 그릴 때마다 내 피로 그리는 것처럼 입술이 바싹바싹 탔습니다.

시험 종료를 알리는 종이 울리고, 한숨을 내쉬며 정신을 차리니 내 눈앞에는 장미 다발이 가득했어요. 어떻게 그렸는지 기억도 안 나는 장미가 그 넓은 백지를 가득 채우고 있었던 거죠. 안도감과 기쁨에 몸을 부르르 떨며 시험장을 나섰습니다. 식은땀이 흘러 안에 입은 옷이 다 젖어서 추웠던 게 기억나요. 내 평생 그렇게 떨었던 하루는 처음이었고 그 이후로도 없었어요. 그날 꿈도 안 꾸고 아주 깊은 잠에 빠졌습니다. 이후, 나는 당당히 합격자 명단에 이름을 올렸고 지금은 화가 고금순으로 살아가고 있습니다.

대망의 대학 입학식 날, 나는 구름 위에서 날고 있었습니다. 내 큰아들에게 너무 고마웠어요. 남편은 자기 일처럼 제일 기뻐했죠. 딸과 작은아들은 미대는 앞으로 돈이 많이 들어가야 한다며 별로 좋아하지 않았지만, 결국 딸은 물감을 사주고 작은아들은 대학 등록금을 내주었습니다. 그리고 엄마의 공부에 보탬이 되는 걸 뿌듯해했어요. 노인네가 그저 푸념으로 대학에 가고 싶다는 줄로만 알았지 실제로 배우는 걸 그렇게 좋아할 줄은 몰랐겠지요. 이렇게 좋을 수가 있을까 하면서도, 한편으로는 내가 젊은 날에 배웠다면 한자리 차지하며 사람답게 살았을 텐데 아쉬운 생각이 고개를 들었죠.

입학을 치른 뒤, 조미혜 교수님께서 내 이름을 부르며 따로 면담을 청하셨습니다. 나는 불려 가면서 뭔가 잘못을 했나 조마조마했는데, 알고 보니 나라는 사람이 궁금해서 면담하는 거였더라고요. 나는 기억을 더듬어 살아온 이야기를 시작했습니다. 말하면서 나도 모르게 가슴이 울컥울컥 자꾸 북받쳐 올랐어요. 한숨소리 외엔 아무 말씀이 없으시기에 고개를 들어 교수님을 바라보니 두 눈이 붉게 상기되어 울먹이시더라고요. 나는 깜짝 놀랐지만 내게 공감해주는 마음이 고마워 나도 모르게 한 발 가까이 다가갔습니다. 그리고 우리는 서로 약속이나 한 듯이 부둥켜안고 울었지요.

"아, 고금순 선생님! 얼마나 굽이굽이 어려운 일을 많이 겪으며 여기까지 오신 거예요. 고생 많으셨어요. 정말 장하십니다."

교수님은 나를 토닥이며 달래주었습니다. 눈물을 훔치며 나는 씩씩하게 말했습니다.

"알아주셔서 감사합니다. 제가 힘들게 살아 배운 게 많이 없지만, 젊은 학생들에게 맞춰 열심히 공부할 테니 걱정하지 마세요!"

교수님께서는 안심이라며 좋아하셨습니다. 하지만 너무 무리는 말라며 제자가 교수보다 나이가 많으니 인간적으로 이해할 수 있는 부분은 다 이해할 수 있다며 웃어주셨지요. 조미혜 교수님, 정말 고맙고 감사했습니다.

막상 학기가 시작되니 시간에 맞춰 강의실을 찾아다니는 것도 힘들더라고요. 또 강의는 얼마나 어렵고 진도가 빠르던지요. 그래도 큰아들의 도움을 받아 악착같이 제시간, 제자리에 등교해서 배움을 이어갔습니다. 그러던 중 어느 시험 기간에는 이광수 담임 교수님께서 나를 따로 보자고 하시더니, 대뜸 가정 방문을 하시겠다는 거예요. 나는 당황하고 우스워서 이렇게 되물었습니다.

"아니, 교수님. 내가 어린애도 아니고 무슨 가정 방문이에요. 참말이에요?"

"아, 오해 마세요. 그저 늦은 나이에 이렇게 열심히 공부하시는 이유를 알고 싶어서요."

그렇게 나는 또 살아온 이야기를 하면서 다시 뜨거운 피눈물을 줄줄 흘렸습니다. 안쓰럽고 진지한 표정으로 이야기를 듣던 교수님은 한숨을 내쉬며 인자한 표정으로 말씀하셨어요.

"아이고, 너무 고생하셨네요. 만학도는 학교 다니면서도 몸으로나 마음으로나 고생이 많을 텐데 걱정입니다. 다른 사람이라면 정년 퇴임하여 편하게 살아갈 나이에 학교를 다니니까요."

"교수님, 저는 그래도 늙어서 봐주는 거 없이 당당하게 여기 들어왔어요. 더도 말고 덜도 말고 있는 그대로 봐주시면 됩니다."

그렇게 힘을 실어 얘기했는데 교수님 말씀이 참말이었습니다. 어수선한 1학기 중반을 지나 어느새 이론시험을 함께 보는 기말고사 기간이 되었는데, 이론들은 어찌 그리 어려운지요. 그저 아는 것은 아는 대로 답을 쓰고 잘 모르는 것은 외운 걸 그대로 쓰고 아주 모르는 것은 찍어버렸습니다. 젊은 학생들도 어려워하는 공부를 나이 들어 따라가려니 가랑이가 찢어지겠더라고요. 그래도 이 악물고 공부를 이어갔습니다.

학교에서 공부하고 그림 그리다 보니 시간은 쏜살같이 지나갔습니다. 태어나 처음으로 내가 선택한 진로라 그런지 조바심이 나서 붓을 놓을 수가 있어야 말이죠. 어느덧 졸업반이 되어 벌써 졸업작품을 그렸지요. 그 졸업작품을 일 년이나 붙잡고 그려야 했습니다. 풍경화를 그리자니 그것도 아니고 꽃을 그리자니 그것도 아닌 것 같아 교수님께 상담을 신청했죠. 교수님께서는 고금순 일생 기록도를 그리면 어떻겠느냐고 제안하셨습니다. 교수님과 상담할수록 목표는 뚜렷해졌습니다. 마치 달궈진 쇠붙이가 가슴에 콱 박힌 것처럼 나를 옭아매고 있는 힘든 시절은 눈과 마음에 선명해졌지요. 그래서 그려낸 그림이 이 책 3장 첫머리에 나온 그림입니다.

졸업 후에는 여러 전시회를 통해 화가 고금순을 세상에 알려왔습니다. 이후 조금 유명해져서 KBS《아침마당》에 출연하게 되었죠. 진행을 맡은 김재원 아나운서가 내게 어째서 어릴 적에는 학교에 가지 못했는지 물어보았습니다. 그래서 나는 표독스러운 계모 밑에서 자라 할 말은 못 하고 갈 형편이 되지 않아서라고 짧게 답했습니다. 얼떨떨하게 군은 내 표정과 답변을 듣더

니 여러 사람이 이리저리 물으며 부연 설명을 돕더군
요. 그렇게 내가 미대까지 졸업한 이야기를 이어가는
데, 갑자기 송수식 박사님께서 나와서는 내게 큰절을
올리는 게 아니겠어요? 나는 어쩔 줄 몰라 송 박사님
왜 이러시냐면서 함께 맞절했죠. 송 박사님은 그림 공
부는 다른 공부보다 더 힘이 든다며 참 대단하시다고
나를 치켜세웠습니다. 그게 참 부끄럽고 고마웠습니다.
송수식 박사님, 정말 감사합니다.

여기까지 읽으셨다면 아시겠지만, 내가 기억하는 인
생이나 그림 대부분은 비극입니다. 인간에게 가장 오
래 그리고 가장 깊게 남는 감정은 상실감이니까요. 그
래도 드문드문 맑고 천진한 기억들이 생각나고 또 화
사한 꽃들을 그릴 수 있으니 다행이라고나 할까요. 과
거는 내가 흘린 눈물과 함께 대부분 휩쓸려갔지만, 지
금은 화가로서 보란 듯이 활동하고 있으니 괜찮습니
다. 그래도 내가 정말 바라는 것이 아무것도 없다면 거
짓말이겠지요. 망상일지라도 나는 꿈이 있어요. 실현
불가능한 진짜 꿈이에요. 다음 생이더라도 상관없는

그런 천진한 소원이요.

다시 태어난다면, 나는 따스한 엄마와 책임감 있는 아빠가 있는 훌륭한 집안에서 몸 건강히 태어나고 싶습니다. 모자람 없이 잘 먹어서 키는 168cm까지 자라고 싶어요. 그리고 공부도 잘하고 싶으니까 아이큐는 150이면 좋겠어요. 그래서 초중고를 수석으로 졸업해서 대학교에 장학생으로 들어가고 싶어요. 박사로 졸업해서 사회에 이바지하는 훌륭한 사람이 되는 거죠. 집안도 아주 부유하게 만들어서 내가 결혼해서도 우리 아들, 딸이 훌륭하다고 느끼는 엄마, 아빠가 될 거예요. 이렇게 구체적으로 적으니 조금 유치하게 느껴지긴 하지만, 그만큼 내가 바라던 삶에 그나마 가깝게 이룬 것들이 명확하게 보이기도 해서 기분이 상쾌합니다.

살아온 세월이 세월인지라 넋두리가 길었습니다. 사실, 나는 지금 더없이 행복합니다. 수년 전부터 참으로 바쁘고도 기쁜 나날을 보냈죠. 계속 작품활동을 하며 내가 그린 그림으로 입선도 하고 상도 받고요. 그렇게 내 나이가 벌써 팔십을 바라고 있습니다. 여전히 그림 그리기는 어렵지만, 나는 밥 먹고 그림만 그릴 수 있는 환경을 이루었다는 사실이 얼마나 행복한지 모릅니다. 정말 더 바라는 것 없이 가족들과 화목하게 지내며 밥 먹고 그림만 그려도 이렇게 좋은데, 미술 공부를 안 했더라면 얼마나 가슴앓이하며 살았을까요? 생각만 해도 아찔합니다.

그리고 이런 기쁨을 누릴수록 가슴 한편은 여전히 시리답니다. 내 나이 80이 다되도록 친어머니 얼굴을 모르니까요. 그저 어머니 얼굴 보면서 엄마라고 따뜻하게 한번 불러보고 싶은 마음뿐입니다. 만약 어머니가 하늘에서 나를 지켜보셨다면 분명 나를 포근하게 안아주시며 우리 금순이 정말 고생 많았다고 다독여주실 것 같아요.

내가 아주 오래 살거나 현명하거나 성공한 사람은 아닙니다만, 여러분보다는 조금 더 많이 겪어본 사람으로서 전하고 싶은 말이 있습니다.

당신이 하고 싶은 일이 있다면 끝까지 놓지 마세요. 장애물이 있더라도 좌절하지 마세요. 그저 내 마음 깊이 새겨 두고 준비하다가 기회가 왔을 때 계속 시도하면 됩니다. 여러분은 여러분의 꿈을 열심히 이루세요. 나는 내 목숨이 다할 때까지 열심히 그림을 그려 훌륭한 작품을 많이 그려내겠습니다.

아! 갑자기 어떤 노래가 생각납니다.

세월아, 봄철아, 오가지를 마라. 아까운 이 내 청춘 다 늙어 간다. 시간아, 가지를 마라. 더디 가소서. 더디 가소서.

내 삶의

동반자들에게

남편에게

나는 사랑이란 걸 잘 몰라요. 부모에게 제대로 사랑
받은 적이 없어서 그런 걸까요. 조건 없는 무조건적인
사랑에 대한 기억은 조각난 유년의 한 시절뿐입니다.
그래서 남편과 50여 년을 함께 살아오면서도 사랑을
주고받는 게 서툴러 참 많이도 싸웠죠. 그러나 지금은
누가 뭐래도 남편은 내 삶의 든든한 동반자입니다.

내 나이 23살이던 1968년 12월 3일, 남편과 결혼했죠.
시작은 이랬어요. 쌍계사로 꽃놀이하고 돌아오던 길에 어
떤 할머니를 보았는데 짐이 조금 버거워 보이시더라고요.
그래서 내가 짐을 들어드리며 이런저런 이야기를 나누었
지요. 처음에 할머니는 내 아버지 존함과 내가 사는 곳과
하는 일도 묻더니, 마침 자기도 우리 동네 근처의 오빠
집에 간다고 반가워하시더라고요. 그때까지는 사실 별다
른 연고가 없어 그저 스치는 인연이라고만 생각했습니다.

그렇게 여름이 가고 가을이 왔습니다. 여기저기 신

랑감 소개는 많이 들어오는데, 결혼하고 싶은 사람이 없어 쓸쓸한 계절이었지요. 그런데 사람 인연이라는 게 따로 있나 봐요. 어느 날, 보따리를 들어드렸던 그 할머니가 우리 집에 찾아오셨더라고요. 그러더니 대뜸 자기가 아는 총각이 있는데 만나볼 생각이 있냐고 묻더군요. 인물도 좋고 가진 땅도 많고 성실한 총각이 있는데 만나보라고 부모님과 나를 앉혀놓고 설득했어요.

궁금증이 일어 만나보니, 총각은 자기중심도 있고 인물도 훤했습니다. 게다가 순천, 여수, 구례에 걸친 넓은 땅이 있어 자기네 땅을 밟지 않으면 오갈 수 없을 정도라고 하더군요. 그게 거짓말이나 단순한 허세가 아니라, 나를 사로잡기 위한 나름의 최선의 패를 꺼낸 것으로 보여 기분이 좋더라고요.

그런데 이야기를 더 나누다 보니 큰 걸림돌 두 개가 있었어요. 첫째는 총각에게 직업이 없다는 것. 둘째는 계모와 시댁이 잘 아는 사이며 계모와 남편은 먼 친척 사이라는 것. 나는 그 말을 듣자마자 화가 나서 이 결혼 못 하겠다며 나와버렸습니다.

집에 와서 심란한 마음을 가라앉히고 있는데 중매 할머니가 다시 찾아와 나를 설득했어요. 그 총각은 내가 마음에 들었다고 하더라고요. 무엇보다 금순이 너는 계모가 직접 낳지 않아서 계모의 먼 친척인 총각과 결혼해도 아무 상관이 없다고, 그리고 결혼 살림은 시골이 아니라 부산에서 할 거라고요. 또 남편은 공부해서 곧 취직할 생각이 있다고 전했습니다. 그래서 마음을 고쳐먹고 그 총각과 진지하게 만나며 결혼하게 되었습니다.

이후 남편은 부산에 직장을 구했어요. 결혼 2년 차에는 드디어 첫째, 큰아들을 낳았습니다. 하지만 결혼 후에도, 아이를 낳고도 남편에게 마음의 문을 열기가 쉽지 않았어요. 아버지에 대한 배신을 당한 기억이 트라우마가 되었거든요. 주먹을 꽉 쥐고 밧줄로 묶인 것처럼 나도 내 마음을 모르는 채 세월에 끌려다니기만 했어요. 아들 둘 딸 하나 낳고 살아도 그랬어요. 눈 뜨면 남편은 출근해버리고 나는 우는 애들 셋 돌보느라 바쁘고. 그냥 이렇게 사는 거구나 하면서 살았어요. 살림살이와 생활이 바뀌지 않으니 우울증이 오더라고요.

집안일과 육아만 32년을 했으니 빤한 결과였죠.

그나마 1년에 한두 번 해운대 해수욕장을 애들 데리고 다녀왔고, 다대포 해수욕장과 송도 해수욕장은 남편과 따로 다녀오며 오붓한 시간을 보냈습니다. 집구석에서 애들 뒤치다꺼리만 하니까 가슴이 타들어 가고 내가 말라비틀어진 무말랭이처럼 느껴지더라고요. 그래도 가끔 넓은 바다를 보며 산책하고 시원한 바닷물에 풍덩 몸을 던져서 헤엄치면 갈증이 좀 나아졌습니다.

지금은 이해합니다. 내가 젊을 적 시대는 대부분 그렇게 아득바득 살았고, 남편이 못 된 게 아니라 워낙 무뚝뚝해서 그랬다는 것도 압니다. 정도(正度)만 따르는 사람이니 오죽했을까요. 그런데도 또 어려운 일이 있으면 가장 앞장서서 확실하게 돕는 사람이 내 남편이에요. 내가 육십이 되어 공부를 시작하고 미대에 들어갈 때도 남편이 도와줬고 또 식구 중에 가장 좋아했습니다. 그 무뚝뚝한 사람이 환한 목소리로 장하다고 잘했다고 연신 외치면서 말입니다. 그때 남편이 다르게 보였지요. 어머니는 일찍 돌아가시고 아버지는 매정해서 학교도 보내주지 않았는데, 남편은 학교를 보내줬 잖아요. 그게 참으로 고마워요. 어머니도 아버지도 할머니도 계모도 못 이뤄준 평생의 소원을 남편이 들어 준 거죠. 지금 다시 이 글을 쓰며 돌이켜보니, 남편은 내 친정아버지 같고 친정엄마 같은 사람입니다. 그냥 남편이라고 하기에는 너무나 든든한 사람이죠.

그런데 남편이 요새 건강이 좋지 않아서 짠해요. 얼마 전까지도 정정하기에 안심이 되었는데 왼쪽 눈도 아프고 다리가 불편하대요. 중매로 함께 살게 된 서먹한 남남으로 시작했는데, 어느새 함께 나이 들어가는 인생의 동반자가 되었어요. 내 인생의 동반자에게 전하고 싶은 말을 여기 짧게 씁니다.

여보, 사는 게 다 그런가 봐요. 고생만 하다가 우리 젊은 시절이 다 갔어요. 하지만 우리에게는 자랑스러운 자식들과 함께 살아갈 집이 있으니까 이걸로 됐어요. 아무 생각 말고 앞으로 건강하게만 살아가요. 우리 남은 세월은 구름처럼 멀리 있는 커다란 행복을 찾지 말고, 화단의 꽃처럼 가까운 곳에 있는 작은 행복을 잘 가꾸며 살아가도록 해요. 사랑해요.

큰아들에게

특정하게 누가 잘해준다고 하기 어려워요. 그만큼 자식들 모두가 너무 잘해줘요. 죽지 않고 살아 있길 참 잘했다는 생각뿐이에요. 내가 미대에 간다고 하자 아들딸 모두 처음에는 염려하다가 나중에는 물심양면 적극 도와줬어요.

큰아들은 특히 대학 생활을 잘 도와줬어요. 컴퓨터 관련해서 얼마나 애를 먹었는지 몰라요. 그럴 때마다 큰아들이 나를 어미가 아니라 제 자식처럼 챙겨주더라고요. 아주 든든했어요.

큰아들을 낳으면서도 정말로 좋았습니다. 태어나서 처음으로 진짜 내 편이 생겼으니까요. 그 기분을 무슨 말로 표현해야 할까요. 좋다, 기쁘다, 행복하다, 충만하다, 희망차다… 내가 표현할 수 있는 모든 밝은 감정을 다 느꼈죠. 그만큼 아들에게 더 잘해주고 싶었어요.

낮에는 간단한 국수만 먹일지라도 저녁에는 이 엄마가 직접 구운 고기 한 점, 정성들여 끓여낸 국 한 술이라도 더 먹이려고 애를 썼어요. 여유가 조금 생기면 제발 건강하게만 자라라고 보약 한 접씩 지어다 먹였지요.

큰아들이 그걸 느꼈는지 모르겠지만 어릴 적은 물론 학교에 다닐 적에도 말을 잘 들었어요. 공부도 빠지지 않고 잘했고 태권도도 수준급이었습니다. 자랑하기 바빴지요. 할머니 댁에 데려가면 할머니가 손주 왔다고 맛있는 음식을 잔뜩 차려주었는데, 자기 앞에 있던 음식들을 내 앞에 먼저 가져다 놓았죠. 나와 할머니를 번갈아 쳐다보면서요.

"엄마, 많이 드세요."

"하이고, 이거 아들 없는 사람은 서러워서 살겠냐."

할머니는 우리 모자를 바라보며 흡족하게 웃으셨고 우리 모두 한바탕 웃음꽃을 피웠습니다. 밥 벌어먹는 일은 어려워도 큰아들 기르는 일은 그저 행복했습니다.

요즘은 남편도 저도 세월이 흘러 여기저기 아프지 않은 데가 없어요. 하지만 큰아들이 경제적으로 많이 도와주고 있어 불편 없이 살고 있습니다. 생활비는 물론이고 여러 가지 물심양면 많이 도와주죠. 학교에 다닐 적에 큰아들이 내 옆에 딱 붙어서 어려운 대학 행정 처리와 컴퓨터 관련된 일을 모두 도와주었어요. 처음 가보는 대학교 지리를 알려주고 수강 신청을 함께 해 주고 서툴기만 한 과제물 오탈자 검토와 작성법까지 지도해주었죠. 마치 개인 비서처럼 나를 보필하고 또 가르쳐주었죠. 내가 무사히 대학을 졸업할 수 있었던 건 큰아들 공이 큽니다. 얼마나 든든하고 미안했는지 몰라요.

이외에도 미안할 때가 한두 번이 아닙니다. 나는 그저 자식의 도움을 받는 어미로서 부끄러워 잔소리만 하지요. 앞으로 살아가자면 우리 두 노인네들한테 돈 쓰지 말고 아끼며 살아가라고, 위험하고 좋지 않은 곳은 얼씬도 하지 말라고요. 그러면서 진짜 내 마음을 많이 표현하지는 않은 것 같습니다. 그래서 이 책을 빌어 편지를 써봅니다.

사랑하는 내 큰아들, 항상 몸 건강하고 예의범절도 잘 지켜줬으면 좋겠다. 이제는 자랑보다 잔소리가 늘

어 미안하구나. 그래도 네가 이해해주려무나. 엄마와 아버지는 남은 세월이 많지 않거든. 지금 우리 사는 집에 네가 가장이 되어서 살아가야 하니, 엄마는 늘 걱정이 앞서는구나.

큰아들, 너는 세상에 태어날 때부터 제일 힘이 되는 내 아들이다. 엄마가 지나온 나날을 생각해보면 네게 미안한 일들이 참 많다. 좋은 날 바라보며 아등바등 살다 보면 실수가 생길 수도 있다는 걸 이제 다 큰 너는 헤아려줄 수 있겠지?

지금처럼 무슨 일이든지 알아서 잘 헤쳐나가면서 우리 집안에 보탬이 되면 좋겠어. 그리고 뒤돌아보지 말고 앞으로 전진 또 전진하도록 하여라.

믿음직한 큰아들, 너는 영원한 내 편이자 내 삶에 찾아온 행운이다. 둘째 여동생과 막둥이 남동생 앞으로 잘 데리고 살아가길 엄마는 부탁한다. 무거운 짐만 지게 해서 미안해. 그리고 내 곁에 있어줘서 고마워.

큰딸에게

90년도에 남편이 서울로 취직했을 무렵, 애들은 전부 부산에 학교가 있어서 함께 오지 못했어요. 그때 우리 딸이 용산에서 3개월 동안 훈련을 받더니 포천으로 발령이 나더라고요. 이후 대전에서 전문 교육받고도 이리저리 옮겨 다녔죠. 그걸 내가 서울에서 지방으로 다 쫓아다녔어요. 딸은 군생활로 바쁜 와중에도 걱정시키는 법이 없었습니다. 군대에 들어가더니 오히려 나를 더 챙겼죠. 월급을 보내고 제주도, 홍콩, 하와이, 프랑스, 이탈리아 등 여행을 데리고 다녔어요. 그때 기분은 말로 표현 못 할 정도로 기뻤어요. 죽지 못해 살았던 시절이 머릿속에서 폭죽처럼 펑펑 터지더라고요.

우리 딸로 말하자면, 대한민국에는 그런 딸이 없을 정도로 착하고 예쁘고 성실하고 공부도 잘해요. 남정네들한테 참 인기가 많았죠. 영어영문학과로 진학했는데 문과가 인기가 없어서 취직이 안 되더라고요. 그래서 할 수 없이 내가 알아봤죠.

"애, 너 군대에 가보라. 이미 가서류 넣었다."

"엄마! 내가 군대에 어떻게 가!"

"걱정하지 마. 엄마가 뒤에서 받쳐줄게. 군대는 오히려 체계가 잡히고 여군이 부족해서 네가 잘하기만 하면 어지간한 기업보다 낫다."

그리고 시험 날이 돌아와서 아침 일찍 밥을 먹여서 보냈어요. 정확하진 않지만, 해운대에 있는 군 본부로요. 그런데 갑자기 폭설이 내려서 온통 눈밭이 되었는데, 딸이 넘어져서 오더라고요.

"엄마, 눈이 너무 내려서 시험을 못 칠 거 같아."

"야, 나라에서 하는 일은 이까짓 거 아무것도 아니다. 무조건 할 수 있다. 내가 따라갈까?"

"말이라도 고마워. 엄마, 나 이제 괜찮아. 혼자 다녀올게."

딸은 용기를 내서 군부대로 다시 달려갔지요. 그날 오밤중에 돌아오더라고요. 그런데 집에 들어선 딸 머리카락이 똑 단발로 짧아진 걸 보고 속상했어요. 앞머리 100원, 양쪽 옆머리 200원, 뒷머리 100원 총 400원에 별다른 양해도 없이 잘라버렸다고 하더라고요. 여자지만 군부대 면접이라 규정에 맞춰야 한다면서요. 애가 시무룩하더라고요. 우선 애를 달래고 떨리는 마음으로 시험 얘길 들어봤어요. 1번부터 8번까지 접수 창구가 있었는데 올라갈수록 면접 보는 사람 계급이 바뀌더래요. 소위, 대위, 중령. 이제 막 대학교 졸업반이 된 딸이 군부대 고위 계급장을 단 사람들 앞에서 면접을 친 거죠. 딸은 정신이 없어서 떨릴 새도 없었다고 했어요. 그저 준비한 대로 당차게 시험 잘 쳤다며 걱정하지 말라고 오히려 나를 안심시켰죠.

그런데 내심 불안했는지 어디든 빨리 취직하고 싶어 하더라고요. 그래서 스리랑카와 일본 항공사 두 개에 지원서를 넣고 면접을 보러 가게 되었죠. 항공사 면접은 공개가 되어서 딸애를 따라갔어요. 아니 그런데 우리 딸이라 그런 게 아니라 애가 참 똑 부러지더라고요. 당시 미스코리아 지망생 아가씨들과도 경쟁하던데 다 제치더라고요. 외모는 당연히 수려해야 하고 언어능력과 인성까지 봤죠. 수백 명이 면접을 봤다는데 영어로 자기소개를 유창하게 하는 사람은 딸애 포함 서너 명만 뿐이었어요. 나머지는 질문은 알아듣는 것 같은데 영어가 유창하지 못했죠. 단연 돋보이는 건 우리 딸애였습니다.

그렇게 몇 주나 기다렸을까, 소식이 빨리 닿지 않아 내심 걱정 반 체념 반이었습니다. 모두 모여서 식사를 준비하는데 전화벨이 울려 받으러 갔죠.

"안녕하십니까! 00부대 대령입니다. 면접자 어머님 되십니까? 따님이 최종 합격하셨습니다."

"예? 우리 딸이요? 아이고! 얘들아, 우리 딸이 군인 됐다!"

당시에는 군인을 우러러보았습니다. 여군이라면 며느릿감으로 더할 나위 없었죠. 공부를 잘해야 하고 똑 부러져야 했으니까요. 그날 저녁은 돼지고기를 사서 배부르게 먹었어요. 딸을 밥상 중앙에 앉혀두고 양옆에 두 아들내미와 함께 앉아 축하했죠. 그리고 한 달이 지났나, 이번에는 항공사들에서 번갈아 연락이 오더라고요. 스리랑카항공사와 일본항공사(JAL)에서요.

"아이고, 연락해 주셔서 감사합니다. 그런데 어쩌죠. 우리 딸애가 그 전에 군부대 시험을 봤는데 덜컥 합격

226

해서는 지금 훈련을 열심히 받고 있어요."

"와, 정말요? 진심으로 축하드립니다! 그 어렵다는 여군에 합격하셨군요."

오히려 항공사 직원이 손뼉을 치며 더 기뻐하더라고 요. 어깨가 절로 올라갔습니다.

이외에도 큰딸이 나를 기쁘게 한 일이 참 많습니다. 나는 큰딸을 생각하면 그저 고맙고 흐뭇해요. 바라던 대로 자라줘서요. 공부를 더 길게 시키지 못한 게 아쉽 지만, 그래도 자기 적성에도 맞고 나라에도 도움이 되 는 일을 하니까요. 우리 자랑스러운 큰딸에게도 편지 를 남깁니다.

큰딸아, 부모로서 못 해준 기억만 남았지만, 큰딸을 보며 내가 받지 못한 사랑까지 다 주려고 노력했다는 사실만 알아주면 좋겠다. 모자란 엄마지만 사려 깊은 큰딸은 이해하지? 이제 너도 어엿한 엄마니까 네 자식 에게도 아무런 조건 없이 언제나 더 큰 사랑을 주려고 노력하길 바란다.

막내아들에게

　작은아들, 네게 참으로 할 말이 많구나. 그래서 이렇게 바로 편지를 쓴다. 엄마가 너를 가졌을 때부터 아들이건 딸이건 상관없이 잘 살아야지 했다. 그런데 태몽이 아들인 것 같아 기뻤지. 큰아들에게는 아우가 생기고 딸에게는 귀여운 막내 남동생이 생기겠거니 하면서 말이다.

　작은아들, 출산하는데 떡두꺼비 같기도 하고 달덩이 같기도 한 아주 잘생긴 아들이 나와 온 집안 식구가 축하하며 좋아하며 행복했다. 그리고 너를 가지고 나서부터 경제적으로 아빠가 일거리가 아주 많이 들어와 돈을 많이 벌었다. 우리 집안의 복덩이였지. 그만큼 모든 일이 아주 잘 풀리기 시작했다.

　하지만 하루가 다르게 쑥쑥 자라는 아이들 셋을 키우니까 돈을 아무리 벌어도 별로 넉넉하지 못했지. 그래도 너희 셋은 모두 유치원에 보냈는데 그중에서도 너는 특별히 유치원 2년을 먼저 더 보내주었다. 그래서 그런 걸까 아니면 천성이 그런 걸까. 너는 엄마 말도 잘 듣고 착하고 얌전한데다 학교도 성실히 다니고 공부까지 열심히 했다. 너는 학원도 따로 보내지 않았는데 알아서 척척 학교 공부를 따라갔지. 형과 누나는 첫째니까 딸이니까 핑계를 대며 없는 살림에 과외도 시켜주었지만, 막내인 너에게는 이상하게도 아무런 걱정이나 염려가 없었다. 하지만 지금 와서 생각해보니, 참 미안한 마음이다. 스스로 잘한다지만 혹시 마음은 서운했던 게 아닌가 해서 말이다.

그렇게 너희 셋을 기르던 어느 날 IMF 한파가 찾아왔지. 남편은 그 전에 직장을 잃고 모아둔 돈이 따로 없어 우린 하루하루가 힘들었다. 마음고생이 심해져 내가 살아온 세월 모두 허망하게 느껴졌지. 그래도 내가 무엇이든지 해서 돈을 벌어야 했는데 아무리 노력해도 돈이 모이지 않았다. 그 와중에도 첫째와 둘째는 어찌나 잘 크던지 학교에 들어가고 나서는 철마다 새 옷을 입혀야 했지. 그러면 자연스레 막내인 너에게는 형이 입던 옷을 물려주었다. 너는 별다른 불평이 없이 곧잘 입었지만 나는 얼마나 미안했는지 모른다. 형이나 누나나 너나 모두 내가 낳은 자식들인데….

막내야, 그땐 미안했다. 그래도 엄마가 나중에라도 학원에 보내주어 다행이라고 생각한다. 너는 공부를 잘해서 지금은 어엿한 경찰이 되었지. 네가 경찰복 입은 모습이 얼마나 멋져 보이는지 모른다.

그리고 또 미안한 일이 있다. 엄마가 누나 애들 봐주다가 죽다 살아나지 않았니? 한번 피를 쏟으며 고생하고 나니 다시 애들 봐주기가 겁나더라. 나도 살고 봐야 할 거 아니냐. 그래서 너희 애들 봐주지 못해서 참 미안하구나. 네게 미안하단 말만 하는 엄마라서 또 미안하고 미안해.

마지막으로 당부하마. 서로 사이좋게 지내렴. 엄마 아빠가 가고 없어도 말이다. 막내는 형과 누나 말에 잘 순응하고 웃어른은 공경하여라. 직장에서는 하던 대로 열심히 일하며 늘 배우는 자세로 임하여라. 그리고 무엇보다 우리 아들 건강관리 잘하도록 하여라. 엄마는 늘 아들이 걱정돼. 사회생활이란 쉬운 거 같으면서도

살아갈수록 힘이 드니 말이다. 사랑하는 내 막내아들
아, 일하면서 다치거나 병나지 않게 언제나 조심하고
형이랑 누나랑 셋이 화목하게 잘 살아가길 바란다.

　사랑하는 아들딸들아, 셋이 언제나 힘 모아 살아가
길, 이 엄마는 기원하고 또 부탁한다.

나에게도 꿈이 있다

고금순 지음

발행처	도서출판 **청어**
발행인	이영철
영업	이동호
홍보	천성래
기획	남기환
편집	이설빈
디자인	이수빈 ∣ 김영은
제작이사	공병한
인쇄	두리터

등록	1999년 5월 3일
	(제321-3210000251001999000063호)

1판 1쇄 발행   2023년 11월 30일

주소	서울특별시 서초구 남부순환로 364길 8-15 동일빌딩 2층
대표전화	02-586-0477
팩시밀리	0303-0942-0478
홈페이지	www.chungeobook.com
E-mail	ppi20@hanmail.net
ISBN	979-11-6855-207-4 (03810)